HAN, JAG & DE ANDRA

Till dig, du vet vem jag menar, du vet vem du är.
Hade inte våra vägar korsats hade våra liv varit några
erfarenheter fattigare.
Allt har en mening, på gott och på ont.
Om något är sant och vad som i så fall är det, vet bara
du och jag.
Våra möten och diskussioner har varit underhållande,
utvecklande, befriande men framförallt lett till
kreativitet, konst och skapande.
Du har bidragit med mycket på många olika plan.
Framförallt till denna bok.
Fantasi och illusioner vilar inte på vetenskaplig grund!

ANNELI PARKELL

HAN, JAG & DE ANDRA

Foto & omslag: Linda Edetun

Förlag: BoD – Books on Demand, Stockholm, Sverige
Tryck: BoD – Books on Demand, Norderstedt, Tyskland
ISBN: 978-91-7785-644-3

Kapitel 1

UNDERBART MED MÄNSKLIG värme, närhet av en annan människa, ett andetag i nacken, någon som andas i mitt öra. Den där härliga klappen på rumpan, den upphetsande blicken och lukten av en annan människas kropp. Det är trångt och det är fuktigt.

— Korsvägen nästa. Tack för att Ni reser med Göteborgs Lokaltrafik. Vi önskar Er en fortsatt trevlig kväll.

Bara att få uppleva denna närhet varje morgon och eftermiddag i arbetsveckorna är ett skäl gott nog för att välja åka kollektivt, och att låta bilen stå till och ifrån jobbet. Nu skrattar jag för mig själv. Med ett belåtet leende tycker jag att jag är en humoristisk kvinna med påhittig fantasi och konstaterar, att saliga äro vi som skrattar åt oss själva, för vi kommer alltid att ha roligt.

Sätter nyckeln i dörren. När den glider upp ser jag högen av dagens post på hallmattan. Känner lukten av nytvättade kläderna från gårdagen. Även då kläderna hunnit torka, så dröjer sig doften fortfarande kvar. Fylls av ett lugn och en tillfredställelse när jag ser hur kläderna, blusar, byxor och kjolar hänger så prydligt, var för sig och i färgkombinationer. Att göra det ordentligt från början sparar både tid och ger mig sådan lugnande och härlig känsla. Effektiviteten när det bara är att hänga in kläderna i garderoben efter att de är torra, och när var sak har sin plats då trivs jag. Då slipper jag känna stress eller frustration, det gör att jag kan slappna av, och jag vet alltid vad jag har för rena kläder och vad allt är när jag behöver det.

Tillfredställelsen, och den härliga känslan av att få komma hem, till ett rent hem och med vetskapen att kunna ta helgledigt efter en lång och intensiv arbetsvecka. Den härliga känslan försvinner lika snabbt som den kom, och infinner sig inte alls en dag som denna. Istället fylls jag av en obehagskänsla och det går en kall kår längst med ryggraden och genom hela kroppen som till slut mynnar ut i en rysning. Är det kallt i lägenheten? Är något fönster eller är det balkongdörren som är öppen?

Samlar mina tankar, visst kan jag känna utmattning efter en arbetsdag omgiven av drygt 120 unga tjejer, i åldern sexton till tjugo år. Då var och en av dessa härliga tjejer är fullt övertygade, om att jag finns tillhands och är redo att hjälpa just dem, alla och en var, när de själva anser att det behöver hjälp.

Hur sliten och stressad jag än är, så har jag världens bästa arbete. Alla borde prova på läraryrket. Obehag är något mina kära elever aldrig ger mig, tvärtom så förgyller de mitt liv med värme och kärlek.

Denna obehagskänsla som slår emot mig är något annat. Något jag inte kan förstå eller ta på. Mina tankar och obehagskänslor försvinner så snart jag kommer på att jag har färdig mat i kylskåpet, som bara är att ställa in i mikron och värma. Hungern slår till med all sin kraft och kurrandet i magen låter inte vänta på sig.

Snart sitter jag där uppkrupen i soffan, startar min tv för att titta på nyheterna och jag kan konstatera redan efter första tuggan att kasslergrytan smakar ännu godare idag, när den stått i kylskåpet och dragit till sig alla smaker. Från sittandes till liggandes ställning börjar jag bli dåsig. Mat-koman är total och jag slumrar till på nolltid.

Vaknar till med vad som känns som ett ryck eller att det går som en stöt genom kroppen. Det hugger till i hjärtat med ett hårt tryck över bröstet. Försöker febrilt föra min hand till översta knappen i blusen för att få loss den, och på så sätt lättare kunna dra ner luft i lungorna.

Luftstrupen krampar, en kramp som med en gång sprider sig som en löpeld inne i kroppen. Kämpar febrilt för att mina händer ska lyda mig, men oavsett hur mycket jag än försöker eller tänker på rörelsen, så händer ingenting. Jag kan inte röra mig. Vanligtvis är jag inte den som annars hetsar upp mig i första taget. Men detta är något som gör att jag genast slås av en fullständig panikkänsla.

Något är fel. Något är galet, riktigt galet. Vad är det som händer med mig?

Jag är med i huvudet, men kan inte röra en enda kroppsdel. Fullständigt medveten, men helt oförmögen att röra mig. Stroke? Stroke kan det väl ändå inte vara? Jag är ju bara fyrtiosex år. Och vid stroke är man väl inte fullt närvarande mentalt? Det måste väl vara något annat!

Som en blixt från klar himmel slår det mig. Jag vet ju egentligen, att jag kan lita på min känsla. Blir så trött på mig själv men också samtidigt helt skräckslagen. Varför sköt jag undan och ignorerade både min känsla och intuition när jag klev in genom dörren tidigare denna eftermiddag.

Den kyla som mötte mig, var inte för att något fönster hade varit öppet. Utan en kyla av ilska, mörker och svartsjuka. Hon måst ha varit här. Denna gång har hon passerat alla gränser. Hon har varit inne i mitt hem. Att svartsjuka och en sådan kontroll kan göra en människa så elak, är ofattbart. Jag är rädd för att mina farhågor har besannats. Hon har med andra ord gått från hot till handling.

Med ens vet jag att hon har förgiftat min mat. Här ligger jag nu förlamad och hjälplös och utan att på något sätt kunna kalla på hjälp. Jag kommer alltså att dö?

Jag. En kvinna i min bästa ålder. Mitt i livet, nu när livet är som bäst. Det är nu jag ska kunna liknas vid ett årgångsvin eller en mogen frukt. Det är nu jag är och smakar som bäst.

Hon skyr inga som helst medel för att få honom tillbaka. Eller är det för att behålla honom? Vet jag egentligen, med säkerhet att han har lämnat henne?

Jag kommer till sans, vet att alla val har konsekvenser. Vi är alla fria att göra vilka val vi vill. Men vi kom-

mer aldrig undkomma konsekvenserna av våra val. Detta är en konsekvens och jag fylls av ett oroväckande lugn. Jag har aldrig varit rädd för döden. Jag vet att det finns ett liv efter detta, en dimension nära oss. Där de som lämnat jordelivet finns.
Men jag känner mig varken klar eller redo att ta steget dit.

Känner hur jag sakta blir dåsigare och dåsigare, är inte längre helt klar i huvudet. Nästan som att jag är på väg att lämna min kropp. En känsla som kan liknas med att åka snabbt upp och ner i en hiss. Ena stunden är jag inuti mig själv liggandes på min soffa, tittandes ut genom fönstret och ser himlen som i ett perspektiv. Nästa stund är jag högt uppe i luften och kan se ner på mig själv, där jag ligger raklång som om jag åkte rodel med huvudet vilandes på ena av mina turkosa soffkuddar. Samtidig som min själ åker fram och tillbaks mellan min kropp och en punkt högt där uppe i luften. Känner mig som en jojo. Jag kastats fram och tillbaka i tankarna, mellan att försöka hitta något sätt att återta kontrollen och samtidigt försöker jag förstå vad som händer.

Allt blir bara som ett sammelsurium av rädsla, oro men mest och starkast framträder kärleksfulla, både erotiska känslor och bilder spelas upp för mitt inre. Känslor och bilder av honom och mig. På allt som hänt mellan oss, allt vi gjort och upplevt. Dessvärre även bilder av henne och allt hon har gjort. Allt hon har utsatt mig för, honom för, men även sig själv för.

Ja, vad hon faktiskt har utsatt oss alla tre för.
Har hon besegrat mig? Har hon vunnit? Nu är allt utom kontroll, en känsla som är skrämmande och be-

rusande på samma gång. Jag vill inte ge upp. Vill vara kvar här. Vill leva några år till.
Jag ställer mig en sista fråga. Är det HAN & JAG eller HAN, JAG & DE ANDRA?

Det sägs att när vi föds så kommer vi från ljuset och när vi dör så går vi till ljuset.

Ljuset som är det himmelska, det goda, det kärleksfulla som bara vill väl och inget ont.

Mörkret vi upplever, det som vi kallar helvetet, det onda och det som inte vill någon, något gott.

Det mörkret förefaller nu bara existera här på jorden, den tid då vi lever, andas och verkar här i fysisk form.

Med andra ord så måste det vara som så, att det är vi själva som väljer mörkret.

Har jag inte varit mörkrädd eller känt av den rädslan innan, så gör jag det med säkerhet nu.

Underligt att vi som mänskliga varelser måste falla djupt och långt ned i mörkret innan vi vet om det, känner av det och förstår det.

Att vi först då, ser skillnaden mellan ljus och mörker, mellan gott och ont och mellan kärlek och avgrund.

Nu vet jag, helvetet, avgrunden och mörkret existerar bara här på jorden.

Och det är dessutom något vi väljer själva, helt på egen hand.

Vi kommer från ljuset, vi går till ljuset när tiden här är över.

Då måste vi kunna klara av att leva i ljuset.

Någon måste bli den första att klara detta?

Men det kommer inte bli jag!

Kapitel 2

TÄNK OM TIDEN kunde stanna, tänk att alltid få ha det så här.

— Älskling! Jag sugen på dessert.

Hans ord får mig att rysa. Rysa av lust och välbehag. Hans ord är fyllda av en åtrå och längtan. När jag möter hans blick lyser den av lekfullhet. En lekfullhet som är blandad med värme, kärlek, humor och lystnad.

Jag är redan förlorad. I denna stund finns det inte ett uns av karaktär kvar i min kropp. Det finns inget i världen som skulle kunna få mig att avstå från honom. Inte ens om det så kom en hel armé inspringandes, hotfulla med dragna vapen. Nej inte ens om hon kom instörtandes fullkomligt tokig, hysterisk och iklädd en kostym av en fullständigt galen svartsjuk kvinna, vars vrede var utom all kontroll.

Vad är det hos henne som väckt eller skapat all denna vrede? Hon, en kvinna som är välutbildad, med bra arbete, som bor på en fin adress i ett överklassområde. Där stora fina villor med pool är som om det vore varje människas rättighet. Hon ser förhållandevis bra ut, hon har säkerligen varit mycket vacker i yngre år. Hon är fortfarande vacker om än dock lite sliten. Hennes ansikte är färgat av åren, eller år av rökning och för mycket vindrickande. Rynkorna är djupa, huden lite glanslös och blicken helt tom och kall. De perfekta tänderna har skiftat och är inte längre så vita som när de måste varit, när de var nygjorda. Hon har fortfarande en ung kvinnas kropp, liten späd och en byst som tydligt talar för att den inte är äkta i förhållande till hennes kropp.

Hon ser med sitt blonda långa hår ut som en typisk svensk hemmafru i det övre samhällsskiktet, där det inte saknas, vare sig sociala tillställningar, pengar, solresor eller vin.

Men uppenbarligen saknas något, något som gör henne missnöjd med sitt liv. Något som gör henne elak och ger henne rätten att ge sig på andra kvinnor. Att ge sig på mig. Om jag ändå inte hade känt det jag gör för honom, hade hon då låtit mig vara?

Med honom känns inget fel, allt känns rätt och lätt och det finns inget i världen som kan skrämma mig. Den kärlek jag hyser för honom är större än något annat. Den är inte villkorad!

Utan en känsla av totalitet, trygghet och en tillit som är ofantlig.

Honom kan jag följa till mörkaste Afrika. Även om vi så, inte hade en enda krona på fickan. I hans närhet försvinner tid och rum. Han är så stilig med sin längd på närmare två meter. Med sitt rågblonda hår, sin solbrända hud, breda axlar, muskulösa armar, spända lena bröstkorg och sina rejäla härliga maskulina vältränade lår.

För sin ålder är hans kropp fin och välbehållen då han närmar sig femtio. Det syns att han idrottat mycket och även om han inte har idrottat på elitnivå på många år, så är han i perfekt balans av sina forna dagar. Med lite antydan till mage som bara får honom att bli än mer man än en pojk. Är det något han är, så är det en riktig man, en man som jag väntat på i alla dessa år. Om alla kvinnor skulle se det som jag ser hos honom, skulle ingen kunna motstå honom. Jag reser mig från köksbordet tar hans hand och leder honom in till soffan i vardagsrummet. Jag vet vad han vill ha och jag vet vad jag vill ge.

— Dessert är det vad min herre önskar?

— Ja. Och vad vill fröken ha?

— Fröken har ett otroligt sug efter något hårt och rejält.

— Det ska fröken absolut kunna få, din önskan är min order.

— Åh härligt! Tur att jag vet vad jag vill ha.

— Tvivlar jag inte på att du vet. Och med samarbete kommer man långt. Så vi ska nog ta oss i mål denna gång också fröken.

— Någon har sagt att nyckeln till framgång är samarbete, så det vore dumt att inte lyssna på det.

— Fröken. Jag anar en stigande, expanderande och stor situation som kräver sin kvinna. Är det möjligen något som fröken har lust och längtan att ge sig i kast med?

Om jag har lust? Är det något jag har och känner för denna man så är det lust. Med honom skulle jag kunna göra vad som helst. Känslan av lust och tillit blandas med den fina varma känslan av värmen från hans hud, en hud som också är välrakad på de rätta ställena. Hans kroppsdoft och hans växande manlighet som är så fin, så perfekt och så stor att det får mig att dra efter andan.

— Finns inget hellre jag vill än att ta den i min …

Motsatser som dras till och attraherar varandra.

Det hårda, stora och det starka väcker det mjuka, varma och välkomnande.

Dessa ytterligheter som formas under varandra, genom varandra och runt varandra.

Två kroppar som smälter samman, där den ena slutar, tar den andra vid.

I stunder där det inte går att skilja dem åt.

Det är då som ett plus ett, blir till ett.

Kapitel 3

TÄTT HOPSLINGRADE I soffan, tillfredsställda och belåtna. Nynnandes på en härlig gammal 80-tals dänga om att himlen för länge sedan är förbi.

Då kommer verkligheten krypandes tillbaka.

En verklighet som inte är så angenäm, som känns orättvis och som gör ont. Ont inombords. Varför är det så här? Vi två har egentligen alla förutsättningar att skapa ett underbart liv tillsammans.

Vi kompletterar varandra på de flesta plan men jag är rädd att vi aldrig kommer ta den chansen, chansen att uppleva äkta sann och villkorslös kärlek. Jag vill inte förstöra denna kväll, försöker trycka undan mina obehagskänslor och tankar. Fokuserar hela min kraft åt det varma, heta och härliga känslorna som i hjärtat bor.

— Älskling vad tänker du på?

Jag fullkomligt älskar när han kallar mig älskling. Hans sätt att uttala det är fyllt med sådan värme och kärlek, det får mig att släppa alla mina tvivel och känna mig som den enda kvinnan på jorden, ja så utvald och speciell.

Som den vackraste och den mest betydelsefulla kvinna som vandrat på denna jord.

En kvinna i världsklass där ingen och då menar jag ingen annan kvinna någonsin kan konkurrera med mig.

— På allt det som hänt. Vad vi gått och går igenom. Vad meningen är med att våra vägar korsats och när vi träffades första gången. Kommer du ihåg vårt första möte?

— Ja i stora drag. Men jag gissar att du kommer ihåg det i detalj?

— Ja, jag är ju kvinna. Jag minns det som det var igår.

— Visst var det sommaren jag var nyinflyttad i Göteborg?

— Det stämmer. Det är några år sedan och man kan ju inte säga annat än att det varit händelserika år.

— Om du hade vetat det du vet idag, hade du då gjort om detta?

— Ja jag tror nog att jag hade det.

— Trots allt hon har utsatt dig för?

— Ja faktiskt. Vi har ju gjort några tappra försök att inte ha kontakt. Men det har ju inte gått så bra, vi har inte lyckats hittills.

— Älskling tvivla aldrig på att jag inte vet och känner din kärlek till mig, tro mig det gör jag. Aldrig har någon gett mig så mycket, så mycket positiv energi och kärlek som du. Och när jag säger att ingen kvinna och då menar jag verkligen ingen kvinna på denna jord, kan konkurrera med dig. Du är helt i en klass för dig själv, du är i världsklass.

— Tack, det värmer.

—Jag är uppriktigt ledsen för allt hon utsatt dig för och samtidigt imponerad av ditt sätt att hantera det.

—Ja det har inte varit lätt. Men jag vägrar att vara en del av hennes mörker, ohälsosamma, destruktiva, kontrollerade och svartsjuka beteende. För det är allt annat än kärlek.

—Det vet jag, och jag högaktar dig för det. Nu lämnar vi henne och pratar om något roligt och positivt. Berätta något för mig. Berätta om när vi träffades första gången. Berätta som om du hade berättat det för någon som inte var med.

Var det kärlek vid första ögonkastet eller fick jag gå förbi flera gånger?

De möten vi får erfara i livet.

Är de förutbestämda att de ska ske?

Kan det vara som så, att de kan inträffa på olika tidpunkter under ens liv?

Har man då tur eller otur i dessa möten?

Hade mötena kunnat ha ett annat egentligt syfte och en annan mening vid ett annat tillfälle?

Om dessa möten hade skett vid den tidpunkt de egentligen var menade.

Skulle då utgången och resultatet varit något annat?

Det sägs att den som lever får se.

Det är bara till att hoppas att man lever och är klarsynt nog att se och lära av det som är menat.

Kapitel 4

DEN DAGEN HAN och jag träffades, stod solen högt på en härligt klarblå himmel, och det fanns inte ett moln så långt ögat kunde nå. Solens strålar värmde allt levande, denna underbara sommardag. Att det låg något i luften gick inte att ta miste på.

Jag var upprymd, glad och förväntansfull, när jag begav mig till Avenyn för att möta några av mina vänner från Stockholm.

Vi skulle denna kväll till Ullevi på en konsert med Madonna.

När jag slängde en sista blick i spegeln kände jag mig nöjd med mina kläder och hur jag såg ut. Sa till mig själv att detta skulle bli en speciell kväll, en kväll som jag sent skulle komma att glömma.

Den färgglada, mönstrade och urringade sommarklänningen med de tunna axelband, tillsammans med en skir bolero och ett par av mina bästa och absoluta favoritstövlar. Ett par svarta tunnare som man kan ha på sommaren. Åtsittande och höga i skaftet, så höga så de går en bit upp över knät. De blonda lockarna och den välgjord makeup tog fram både madonnan och horan inom mig. Föga anade jag då att denna kväll skulle komma att ha så stor betydelse i mitt liv.

Klockan hade hunnit bli mycket, jag var trött och på väg att börja dra mig hemåt när min telefon ringer. Jag ser att det är min väninna som är bosatt utomlands. Hade det varit någon annan hade jag inte svarat så sent.

— Hej vännen! Vad roligt att höra din röst.

— Hej, det samma. Det är som ljuv musik i mina öron att höra din ljuva stämma. Jag är i Göteborg, var är du?

— Åh vad trevligt. Jag är också i Göteborg. Närmare bestämt på hotell Elite Park på Avenyn. Det är en efterfest för Madonna här. Men jag ska snart åka hem. Var är du?

— Jaha. Då är jag bara några meter ifrån dig. Jag är med några vänner på Locatelli. Kom hit.

— Ja, jag kommer förbi om en stund, ses snart. Puss!

Jag såg hennes ryggtavla på långt håll, hon satt i ett sällskap om fyra och de var det enda sällskapet på uteserveringen, ja efter närmare titt det enda sällskapet på hela utestället. Oavsett om det hade varit fullsatt vet jag att jag hade kunnat urskilja henne bland tusentals människor. Det finns en handfull skara av människor, människor som står mig absolut närmast och dem kan jag urskilja i vilken folkmassa som helst. Den där värmen, glädjen och längtan man känner, när man inte träffats på länge, den slog till med sin fulla kraft när jag såg henne.

— Vi har stängt för ikväll.

— Kan jag få gå in och prata med min väninna hon väntar mig och sitter där. Säger jag och nickar åt hennes håll.

— Jaha, men då är du välkommen in.

Där ser man vad trevlig vakten blev helt plötsligt, undra vad i för sällskap hon är? Kanske några riktiga höjdare?

— Tack det var vänligt, svarade jag

vakten och gick fram till bordet.

— Ja och vad vill du?

Vilken attityd? Snacka om att vara otrevlig!

— Ja vad vill jag?

Min väninna som vänder sig om och får syn på mig.

— Åh! Detta är min älskade vän som vi väntat på. Utropar hon och reser sig upp och kramar om mig.

Mannen som hade varit lite otrevlig reser sig genast. Nu väldigt trevlig, artigt presenterar han sig med både sitt för- och efternamn och tar i hand. Jag ler, presenterar mig. Då känner jag igen honom och tänker, vem tror han egentligen att han är?

Han må vara en Sveriges före detta mest kända idrottsstjärnor, men det är drygt tjugo år sedan han var i ropet. Jag får bita mig i läppen för att inte börja skratta eller vara sarkastisk. En gammal och i vår samtid en avdankad idrottshjälte, kan väl ändå inte om det ens kan vara möjligt att dagens ungdomar kommer ihåg?

I sällskapet var det ytterligare en man, han reste sig upp och presenterade sig. När han tog min hand kände jag genast att det var något med honom som jag tyckte om.

Min väninna skulle bara dricka ur det sista i sitt glas. Sedan skulle de gå vidare och jag bjöds in att följa med dem. Jag var egentligen på väg hem, men kunde inte motstå inbjudan, jag tackade ja och vi skulle alla tillsammans gå vidare, slå klackarna i taket denna heta sommarnatt i Göteborg.

— Får jag säga en sak? Säger den före detta idrottsstjärnan till mig.

— Javisst, gör du så.

— Vilken jävla hylla du har!

Vad sa han? Jag fick svälja en gång till innan jag svarade. Instinktivt hade jag lust att ge honom en rejäl avhyvling. Säger man så till en människa man inte känner? Men han hade ju faktiskt frågat om han fick säga en sak och jag hade sagt JA.

— Tack och den är äkta också. Svarade jag samtidigt som jag retligt kupade mina händer runt mina bröst och gav honom en lysten blick och ett leende som utstrålade hur nöjd jag kände mig över hur snabbt jag fann mig i situationen. Än mer nöjd och roade såg den andra mannen ut, vilket vittnade om att han hade humor.

På väg ner för Avenyn i sommarnatten kommer ögonblicket som skulle komma att förändra allt med tiden. Det var utanför Seven Eleven som det hände. Den forna idrottsstjärnan och de andra i sällskapet gick in för att handla cigaretter. Kvar står vi. HAN och JAG. Mitt på Avenyn en denna heta sommarkväll i början av juli. Det var mycket folk i rörelse och stämningen på stan var hög, trots det så försvann allt och alla. Det var som om det bara var vi två i hela världen.

Han, som jag ännu inte riktigt visste vem han var, han som jag hade fattat tycke för i samma stund som våra blickar möttes och han tog min hand i sin. Jag vet att vi pratade, men kommer inte ihåg ett ord om vare sig vad han sa, frågade eller vad jag svarade.

Hans ögon och blick lyste av humor, intelligens och busighet. I hans blick fanns inget slut. Där inne döljer det sig många hemligheter. Vem är denna man?

Han är lång, bredaxlad ser bra ut och väcker känslor av trygghet som blandas med längtan efter upplevelser och äventyr. Dessa minuter ändrade allt och skapade ringar på vattnet.

Hur kan man ha sådan otur? Så typiskt mig! Champagnen flödar och stämningen är hög. Här sitter jag bredvid den före detta idrottsstjärnan och visst han är trevlig, riktigt trevlig måste jag motvilligt erkänna. Det slår mig att folk faktiskt stannar till och tittar på honom. Känner igen honom och några söker till och med kontakt med honom.

Jag får lite dåligt samvete över att jag först tyckte att han överreagerade och var dryg. Förstår att han värnar om sin integritet och det med all rätt. Han är ursäktad och jag får erkänna för mig själv att jag var för snabb med att döma honom. Dock förändrar det inte att jag ändå är lite besviken att jag hamnade bredvid honom i soffan, jag vill ju sitta och prata med den andre mannen. Han vars ögon som bär på många hemligheter. Han som kom att vända upp och ned på mitt helylle liv.

— Vad har du varit? Kom och sätt dig här hos mig.

Om jag vill sätta mig hos honom, det har jag velat hela kvällen, tro mig.

— Jag var tvungen att pudra näsan. Nu är klockan mycket så jag funderar på att dra mig hemåt.

Vad sysslar jag med? Nu när jag äntligen får chansen, chansen att prata med honom, sitta bredvid honom då ska jag spela svår, ointresserad och få honom att tro att jag vill gå hem, jag borde omyndighetsförklaras.

— Nej gå inte, sitt ner här och prata med mig.

— Vad har du på hjärtat då? Men snälla varför uttrycker jag mig så här?!

— Är du singel?

Om jag är singel? Vill han veta om jag är singel?

— Ja, jag är singel. Och du, är du singel?

— Ja, jag är singel. Har du barn?

— Nej jag har inga barn, har du barn?

— Nej jag har inte heller barn. Skulle du vilja ha barn?

Han frågar alltså mig om jag vill ha barn? Nu måste jag svara något fyndigt. Jag kommer på mig själv hur jag roas av vår korta koncisa och raka kommunikation. För i den finns en värme, ironi, humor och jag älskar hur han utmanar mig.

— Ja, jag skulle mycket gärna vilja ha barn. Vill du ha barn?

— Ja det vill jag!

Han vill ha barn alltså? Vi verkar stå på samma trappsteg i livet?

— Varför sitter vi då här? Varför går vi inte hem och gör barn? Säger jag samtidigt som vi börjar skrattar båda två.

Det var en annorlunda öppning för en första riktig konversation.

Jag ler och mjuknar inombords samtidigt som jag bestämmer mig att ta mer initiativ i vårt samtal.

Stämningen är hög, champagneflaskorna på bordet tycks aldrig sina och våra glas är hela tiden fyllda. Vi sitter nära varandra på den ena kanten, av den stora svart skinnsoffa. Musiken donar ur högtalarna, de dansas och skålas från både baren och dansgolvet. Det är underbart att lyssna till hans röst. Som om man inte kan få nog med en önskan om att det aldrig ska ta slut.

Det visar sig att han är nyinflyttad i Göteborg, sedan en dryg månad tillbaka. På grund av sitt arbete har han genom åren flyttat en hel del, både inom och utanför Sveriges gränser. Han berättar att han har haft sin hobby och idrott som yrke tidigare. En spelarkarriär som nu är över sedan tio år tillbaka. Efter det fortsatte han arbeta inom sporten, men istället som rådgivare och med att coacha och stöttar de aktiva spelarna.

De är med andra ord kollegor. Den före detta idrottsstjärnan och han, denna man som väckt en nyfikenhet inom mig av sällan skådat slag.

Vi är båda två från mindre orter. Han en Östkustkille, från Växjö i Småland. Jag en Västkusttjej, närmare bestämt från en småstad vid namn Kungsbacka, en kommun som ligger några mil söder om Göteborg, i den norra delen av Halland.

En annan gemensam nämnare är att vi båda har flyttat på grund av våra arbeten. Men där slutar likheterna. Visst är det väl som så, att plus och minus attraheras av varandra?

Försjunkna i förtroliga samtal om hur han upplevde sina föräldrars skilsmässa när han precisa hade börjat i skolan. Hans plågande uttryck i ögonen när han berättade hur han hade känt sig övergiven av sin mor, när hon snabbt inledde en ny relation.

Det var omöjligt att inte förföras av hans historia om sin uppväxt, hur han tidigt flyttade hemifrån. Hans olika flyttar mellan klubbar, hur hård och rå han kunde vara på planen under matcher.

Men samtidigt ödmjuk med ett litet barns sårbarhet och längtan att få betyda mest och få vara någons absoluta mittpunkt, någons universum.

Mitt egna liv framstod plötsligt som tråkigt och ointressant. Letade febrilt i minnet efter något spännande eller tragiskt från min barndom och uppväxt. Att berätta om hur man i generationer i min familj håller ihop med en och samma partner, hur familjen gör i stort sett det mesta tillsammans, hur alla ställer upp för varandra och hur alla får ta plats och känna sig sedda, behövda, bekräftade och älskade kändes beigt, helylle och tråkigt.

Visst hade jag flyttat och bott i olika städer och även utomlands. Försörjt mig och gjort en liten karriär som rektor och lärare inom privatskolor och för att utbilda och effektivisera företag och leda personal, detta bleknade i jämnförels med hans liv och hans erfarenheter.

Plötsligt reser sig min väninna och utbrister.

— Ni är som gjorda för varandra!

Hennes ord träffar mig rätt i hjärtat. Jag önskade att tiden stod stilla. Men allt har ett slut. Är det något jag är bra på, så är det att lämna en tillställning när det är som roligast.

Jag bestämmer mig för att det är dags att dra mig hemåt. Ska jag våga fråga om denna intressanta vackra man, vill ta en fika med mig? Tänka få sitta timme ut och timme in och prata om allt mellan himmel och jord. Jag vågar inte följa mitt hjärtas längtan och be om att få träffa honom igen.

Tvivlaren inom mig ställer sig frågande till det, varför han skulle vilja träffa mig igen? Och tvivlaren vinner, jag tackar för mig och får förlita mig på att våra vägar kommer korsas igen. Det är med blandade känslor jag åker hem, så glad och upprymd men också med en rädsla, en rädsla över att detta var min enda chans och jag vågade inte ta den.

När jag lägger mig i min säng finns det en enda längtan, önskan och dröm denna natt, och det är att få träffa honom igen.

Frågan är bara när, var och hur?

Att vara besviken på sig själv.
Är den största besvikelsen av dem alla.
Att inte våga ta chansen när den är mitt framför ögonen.
Att inte våga följa hjärtat av rädsla för att bli avvisad.
Straffet att inte våga ta chansen, är värre och smärtar mer,
än att någon tackar nej till att ha en i sitt liv.

Kapitel 5

V ART ÄR JAG? Spärrar upp mina ögon och ser
mig omkring. Rummet är vitt färglöst, med helt vita
väggar, vita gardiner och vita fåtöljer. Jag ligger på
rygg i något som liknar en soffa, även den är vit. Jag
flackar med blicken fram och tillbaka och allt är bara
vitt, vitt, vitt och åter vitt.

Jag försöker samla mina tankar och dra mig till
minnes. Gör ett försök att sätta mig upp, kroppen ly-
der mig inte alls, inget händer, inte en muskel rör sig.
Då minns jag plötsligt vad som hänt.

Jag är förlamad och kan inte röra mig. Hon har varit
inne i min lägenhet, hon har förgiftat min mat. Jag
kommer att tänka på den där gången för några måna-
der sedan när jag kom hem från jobbet en eftermiddag
och inte fick in nyckeln i dörren.

Efter att ha försökt en lång stund och på alla sätt
och vis fick jag ge upp. Låssmeden fick komma och
byta ut låset. Låssmeden bekräftade att någon hade
med hjälp av en spruta, sprutat in något slags lim i
nyckel-kolven. Jag minns hur arg och irriterad jag var
då. Förstod med en gång att det var hon som hade
gjort det.

Nu när jag ligger här och kan inte röra mig, helt totalt förlamad i kroppen, då känns den gången med låssmeden, som en väldigt liten aktion. Det kostade mig några tusen kronor för att byta till nytt lås, men ack så oförarglig den aktionen var, nu i jämförelse med det hon hittat på denna gång. Skall jag denna gång få betal med mitt liv?

Dessvärre inser jag att jag inte kan förändra vare sig det som är eller har varit. Jag måste försöka släppa tankarna på vad hon gjort och om jag skulle agerat annorlunda.

Frågan är om jag har sovit en stund? Eller har jag bara varit långt, långt borta i mina tankar? Drar mig till minnes att jag sett framför mig, hur han och jag suttit och pratat, hur vi skrattat och älskat.

Delar av mitt liv har spelats upp för mig. Många som varit med om olyckor och nära-döden upplevelser påstår att deras liv spelas upp framför dem, som i revy.

Allt här är så vitt, så ljust och så stilla. Tankarna glider återigen iväg. Jag känner att jag försvinner längre och längre bort. Sekvenser, händelser och situationer från mitt liv spelas upp framför mig, utan någon ordning. Tankarna och minnena kommer i en salig blandning det är snurrigt och svårt. Det i sig skapar kaos hos mig. Jag som vill ha allt i korologisk ordning.

Är jag i himlen? Oredan och kaoset jag känner talar mer för att jag befinner mig i helvetet. Men i helvetet är det väl inte ljust och vitt?

Vaknar till av en svalkande vind från fönstret som står på glänt. Hör hur fåglarna sjunger av glädje, en sång med budskap om kärlek och hopp. Hopp om att sommaren är på intågande och kärleken över att solen och ljusets månader ligger framför oss. Solens strålar letar sig in genom gardinerna och sprider sitt ljus över oss där vi ligger.

Han sover djupt, och ser harmonisk, lycklig, avslappnad och yngre ut. Jag blir helt varm i hjärta och själ när jag kryper intill honom. I sömnen pussar han mig på pannan, drar mig intill sig och mumlar «älskling». Mitt huvud vilar på hans bröst, jag sluter ögonen och memorerar allt ljuset, värmen, fågelsången och varje känsla som om det vore sista gången.

Denna stund ska jag minnas så länge jag andas. Och skulle detta vara sista gången så är det värt allt. Kan inte finns ett bättre sätt att ta sina sista andetag på, än i armarna på mannen jag älskar mest, helt villkorslöst och känner mig total med.

I denna stund, en stund som är så underbar och förtrollande, en stund som jag aldrig vill ska ta slut, ändå så smyger sig mörkrets tankar och tvivel på. Sakta försvinner jag ner i lättare sömn och åter igen ännu en gång kommer tankarna och känslorna tillbaka.

På gott och ont måste jag gå igenom dessa minnen om och om igen.

Efter att vi HAN och JAG träffats första gången skulle det gå nästan två år innan våra vägar korsades igen. Var det något jag visste efter vårt första möte så var det att vi var förutbestämda att ses igen.
Vi har något att lära och ge varandra!

Så mycket vet jag, att alla som kommer in i våra liv gör det av en anledning bra eller dålig. De må ge oss styrka och visdom eller bryta ned oss, men det är också dessa möten som gör oss till dem vi är. Ibland behöver vi en andra chans, just för att tiden inte var mogen vid första mötet.

Hade det varit annorlunda om vi hade bytt telefonnummer? Om vi hade gått hem tillsammans den där första kvällen? Hade han gått tillbaka till henne ändå?

Eller hade det varit vi?

Tänk om allt hade varit helt annorlunda då? Om bara inte OM fanns!

Inom mig pågår en kamp. En kamp som är mellan tvivlet, rädslan, förnuftet och hjärtat. Tvivlet som säger att det är omöjligt, rädsla som säger att det är farligt, förnuft som säger att det är onödigt och mitt hjärta som hela tiden viskar, *prova ändå.*

Att följa sin dröm och sitt hjärta har sitt pris. Hur kostsamt och dyrt det än må vara. Så är det aldrig så högt pris att betala, som att aldrig ha prövat och då aldrig levt.

Jag har lovat mig själv att jag inte vill sitta på ålderns höst och ångra saker jag aldrig gjorde. Då ångrar jag hellre det jag gjorde. Med vetskapen om vad som bar och vad som inte gjorde det.

Hur det än är, den enda jag ska leva med i hela mitt liv är mig själv, andra kommer och går. Jag kan leva med mig själv.

Men hur i all världen kan hon leva med sig själv?

Så länge jag lever ska jag aldrig komma att glömma hennes första samtal till mig.

Så länge det finns liv finns det hopp.
Hopp om livet.
En tro på livet.
Vad hjälper hopp och vad hjälper tro när livet sakta rinner
ifrån en?
Vem ger rätten till en annan människa att ställa sig över
och önska livet ur någon?

Kapitel 6

DEN DÄR LÖRDAGSKVÄLLEN den 19 oktober, när hösten var som bäst. Kommer jag sent om siden eller närmare bestämt, aldrig att glömma. Det var våran första höst tillsammans efter det att vi hade träffats igen. Efter att våra vägar korsats för andra gången. Denna höst hade vi kontakt regelbundet, vi hördes av kontinuerligt och träffades så ofta våra livsscheman tillät. Vi hade denna höst träffats i några månader.

Han min kärlek, hade några veckor tidigare, under den sommaren berättat att han var i en relation med en kvinna. Han hade gått tillbaka till sin före detta, hon den kvinna som han precis var separerad ifrån, den där första gången vi träffades.

Men relationen var återigen på upphällning och han skulle avsluta den så snart han kunde.

Det var denna höst och denna kväll som allt brakade lös.

Lycklig, nöjd och tillfreds med livet och helt ovetandes satt jag på kvällen uppkrupen i soffan med ett glas rött vin och njöt. Mitt hem doftade rent, städat och gott, en härlig blandning av rengöringsprodukter med doft av citron. En doft som samsades fint med lukten av vanilj från doftljusen som spred värme, ljus och doft i alla rum. Dofterna förstärkte känslan av harmoni, stillhet och romantik. Nu var det bara några dagar kvar tills han skulle komma och min längtan efter honom låg som ett stort varmt bomullsmoln i mitt bröst.

En längtan som fyllde hela mig, det fåniga leendet tillsammans den glansiga, nästan febriga blicken gav ansiktet ett vackert skimmer och en vacker lyster. Den härliga kittlande känslan i magen och i underlivet var så intensiv så jag stundom rös av lust och välbehag. Andningen gjorde uppehåll bara av förnimmelsen av hur hans kyssar smakar, hur hans starka armar och händer håller om och tar på mig. Bara vetskapen om att han inte kan passera mig utan att röra vid mig gjorde mig knäsvag. Jag var djupt försjunken i mina erotiska tankar när det plingade till i mobilen.

Vem skickar meddelande så sent?
Klockan var närmare elva. Meddelandet var från honom, min lycka visste inga gränser. Han måste ha känt av mina varma, erotiska och längtansfulla tankar. Elva på en lördagskväll?
Så sent brukade vi inte höras av. Han kanske inte var hemma hos henne?

Han skriver;
Längtar efter dig!

Jag skriver;
Det kan jag förstå!
Vad saknar du mest?

Min lust, lekfullhet och fantasin gick redan på hög-
varv och den minskade inte nu.

Av hans sms att döma visste jag att det skulle bli en
hel del skrivande en stund. Jag släkte snabbt alla ljus i
lägenheten. Borstade tänderna, tvättade ansiktet slar-
vigt även om jag tog bort dagens makeup, så hoppade
jag över flera av rutinmoment innan läggdags. Ansik-
tet fick avstå både ansiktsvatten och nattkrämen och
kändes inte helt rent och framför allt väldigt strävt
och torrt.

Borstning av håret eller den annars så viktiga om-
sorgsfulla proceduren med tänderna, gick fort. Allt
fick stå till föga för att jag så snabbt som möjligt skulle
komma i säng så att vi kunde fortsätta textandet fram
och tillbaka.

Att vi hördes av så sent på lördagar hörde verkligen
inte till vanligheterna.

Han skriver;
Allt med dig.
Du är som ett kinder-ägg
tre önskningar i ett,
smart, sexig och underbar.

Jag skriver;
Jag kan uppfylla alla
dina önskningar.

Han skriver;
Det får du mer än gärna göra.
Snart är jag hos dig!

Jag skriver;
Om du bara visste
hur mycket jag längtar?!

Han skriver;
Det vet jag, Love.

Jag skriver;
Den som väntar på något gott...

Han skriver;
Jag ska ge dig mycket gott...

Jag skriver;
Tvivlar jag inte på!

Han skriver;
Är du sugen?

Jag skriver;
Om jag är sugen?
Jag är som en tickande bomb!

Han skriver;
Håll ut lite till.
Så exploderar vi tillsammans!

Jag skriver;
Ja tålamod är ju en dygd.
Men det är inte lätt när
man ler både upp och nere.

Han skriver;
Haha… Åh underbara!!

Jag skriver;
Nu kommer jag somna med
härliga leende på läpparna.

Han skriver;
Natti. My Love!

Jag skriver;
Natti. Längtar!

Han skriver;
Längtar dito. Kyss!

Han måste verkligen längta efter mig?
Inte bara av hans meddelande att döma utan faktum
att han hörde av så sent en lördags-kväll hör verkligen
inte till vanligheterna. Klockan hade hunnit bli tolv
och denna natt skulle jag somna lycklig och leende.

Långt borta hör jag ett ljud. Vad är det som låter? Är
det telefonen som ringer? Det kan inte vara morgon
redan? Jag kisar och ser att det är mörkt, att det fortfa-
rande är natt. Det är telefonen som ringer, vart är den?
Jag famlar i mörkret och får till slut tag på den.
Klockan är snart två. Det är mitt i natten. Detta num-

mer känner jag inte igen, är det någon av mina elever? Har det hänt något?

Jag trycker på den gröna luren på mobilen och lägger den mot kinden och sömnigt pressar jag fram.

— Ja hallå.

— Hej, det är din älskares kvinna.

Vad sa rösten i telefonen? Sömndrucken som jag är, får jag inte ihop det. Det måste vara någon som ringt fel.

— Jaha?

— Hörde du vad jag sa? Jag är din älskares kvinna och sambo.

— Nu förstår jag inte?

— Förstår du inte? Du har ju ringt hit för en timma sedan.

— Nej, jag har inte ringt någon för en timma sedan, för en timma sedan sov jag.

— Ja men då är det väl min pojkvän som ringt till dig då?

— Nu hänger jag verkligen inte med, är du säker på att du ringt rätt?

— Ja lilla gumman, jag har ringt rätt och du ska ge fan i min man.

Nu har jag gått från att vara yrvaken till klarvaken. Vad är det som händer? Det är hon som ringer. Hur har hon fått tag på mitt nummer? Men hjälp, det är väl inte så att det är hon som tagit hans mobil. Är det hon som skickade sms från hans telefon till mig? Vad gör jag, vad säger jag?

Jag tittar i panik på min telefon för att försäkra mig om att jag inte har ringt honom eller han mig för en timma sedan. Jag kan pusta ut, vi har inte ringt varandra.

Hon försöker sig på en fuling.

— Hallå är du kvar?

— Ja, jag är kvar, men du måste ha ringt fel.

— Går du på droger? Du ska passa dig noga och hålla dig borta från honom!

— Men snälla jag sover, du har väckt mig. Jag är ledsen, men jag vet inte vad du pratar om och kan inte hjälpa dig. Men ett gott råd är att du pratar med din pojkvän istället. Jag vet inte vem du är och inte vem han är heller så jag är inte mycket till hjälp.

Hon slängde på luren. Hur mycket vet hon?

Hur och varför väcktes hennes misstankar och varför mot mig?

Har hon läst vår konversation för en dryg timma sedan? Vet hon att han är på väg till mig i veckan som kommer?

Vad gör han? Har han somnat och hon har tagit hans telefon?

Har han varit för oaktsam? Eller kan det vara så att han ville bli påkommen?

Jag måste ta mig samman, måste sortera det som hänt. Det känns mycket olustigt och min mage är i uppror. Jag kollar upp numret hon ringde ifrån, på internet. Mycket riktigt det är hon. Jag ser att de båda är skrivna på samma adress. Men varför ringde hon inte från skyddat nummer?

Jag blir illa till mods, ovissheten om vad som eventuellt händer hos dem är hemsk. Hur tokig är hon? Vad kan hon ta sig till. Min fantasi skenar och framför mig ser jag en helt galen, vild och hysterisk kvinna, ja en riktig kaninkokerska. Men hon kan väl inte ha gjort något med honom? Han är lång, stor och stark. Jag måste skicka ett meddelande till honom, jag måste ta chansen, jag måste få veta om han är okej.

Jag skriver;
Jag fick ett samtal nu
för en stund sedan.
Från en kvinna som sa
att hon var din sambo.
Jag har kollat upp numret
och det var så. Vad händer?
Är du ok?

Två minuter senare plingar det till i mobilen, meddelandet är inte från honom utan det är från samma nummer som ringde mig för en dryg halvtimma sedan. Det är från henne. Då måste ha hon hans telefon?!

Hon skriver;
Du får honom, han åker ut!
Tro inte att du är den enda.
Men du är säkert speciell.
Håll till godo gumman!

Nu ger hon bort honom? Här svänger det från en stund till en annan? En del av mig har lust att svara, *ja du skulle bara veta hur speciell jag är,* men mitt förnuft väljer att inte svara alls, varför ska jag ge mig in i detta? Hon är inte min huvudvärk. Men frågan inom mig kvarstår, varför hör han inte av sig?

Att somna om känns avlägset, det kommer bli en lång natt.

Jag försöker att sova men det är omöjligt, tankarna snurrar och går på högvarv. Rullar runt i sängen och byter ställning, för att där emellan titta på klockan är, och det var femte minut. Och har så nu gjort den senaste timman. Varför svarar han mig inte? Vad gör han?

Paniken som finns inom mig, kan jag inte längre kontrollera. Tänk om det hänt honom något? Tänk om hon tagit livet av honom? Plötsligt plingar det till igen i min mobil, hjärtat slår snabbt och ännu snabbare när jag ser att det är från honom. Äntligen!

Han skriver;
My Love.
Det är lugnt, ringer senare.
Puss!

Jag skriver;
Skönt att höra, var rädd om dig!
Puss!

Hjärtslagen börjar lunga ned sig och lika så börjar jag kunna andas långsammare mer normalt. Kan återigen dra luften djupare och längre ner förbi bröstkorgen ner i magen. Men tankarna snurrade fortfarande och det kommer inte bli lätt att somna om. Detta var något jag aldrig trott skulle hända mig. Vad kommer att hända nu? Kommer hon nöja sig, eller kommer hon höra av sig igen? Är detta bara början? Kan hon komma att bli värre, mycket värre än så här?

Säg den lycka som vara.

Tvära kast med toppar av glädje, upprymdhet och tillförsikt.

Dalar av obehag, oro och rädsla.

Det krävs ett starkt hjärta, stor längtan, en ängels tålamod och en icke sinande källa av kärlek för att klara sådana svängningar.

Eller en dåres optimism och naivitet.

Kapitel 7

HÄR ÄR JAG igen, i samma vita rum. Det börjar bli kallt jag skulle vilja ha en filt. Jag fryser. Om det är himlen jag kommit till, så vet jag inte vilket som är bäst. Här är vitt och ljust, men väldigt kallt och ensamt, det är så tyst att man skulle kunna höra om en fjäder landade på golvet och så kallt att jag börjar bli blå. Då plötsligt är som om jag fnissar inombords, skrattar till för mig själv. Med lite humor inser att det finns en färg här, det är färgen blå och det är jag. Allt är inte helt vitt.

Det finns nog olika himlar beroende på vad man gjort i sitt liv, så detta är säkert den himlen man kommer till om man gjort något elakt. Himlen för oss som ska straffas. Mitt straff är att ha älskat villkorslöst. Straff för att jag har haft ihop det med en man som till en början, då vi träffades var i en relation.

Oh nej. Nu minns jag.

Jag kommer sakta tillbaka till medvetandet. Sist jag var vid medvetande kunde jag inte röra mig. Kan jag det nu? Jag får koncentrera mig så mycket jag kan. Inuti mitt huvud försöker hjärnan febrilt kommunicera med min högra hand.

Händer det något? Var det en lite ryckning jag kände? Jag försöker böja mina fingrar. Men helt utan resultat. Ännu en gång, är jag besegrad.

Vet hon att jag ligger här nu i soffan orörlig och hjälplös? Kan hon följa mitt tillstånd?

Är hon på de klara med att jag är förlamad och vet hon att jag pendlar mellan att vara vid medvetande och för att sedan återgå till att vara medvetslös? Hoppas hon att allt går enligt hennes plan? Den plan hon måste haft, när hon tog sig in i min lägenhet, förgiftade min goda kasslergryta. Sitter hon hemma hos sig själv och bara väntar tills det är klart och min tid är över? Eller kan hon rent visuellt följa mig och mitt tillstånd, kan hon ha planterat in en kamera här hos mig?

Att hon är kontrollerande, svartsjuk och ibland våldsam både verbalt och fysiskt må så vara. Men att hon skulle vara så modig och så kall. Att substansen hon använt för att förgifta mig och som sakta ska ta livet av mig. Vill inte ens jag tro att hon är i stånd att göra. Risken är för stor att jag inte skulle äta tillräckligt och då eventuellt överleva.

Jag kan bara inte förstå hur hon har kommit in i min lägenhet. Visst har han min kärlek en nyckel hit. Kan det vara som så att han vid något tillfälle varit hos henne, att hon hittat nyckeln, chansat och gjort en kopia av den? Nej, så kan det väl ändå inte vara?

Eller är han delaktig på något sätt? Har hon en hållhake på honom? Även om han bara vet en bråkdel av vad hon gjort mot mig. Lägger man ihop det med vad hon gör mot honom, så är det ett rent under att han stannat så länge? Han kanske inte har helt rent mjöl i påsen? Frågan är om hon intalar sig själv att allt är bra dem emellan och att de fortfarande har en relation? Eller att han låter henne invaggas i den tron att de fortfarande är i en relation.

Jag får inte riktigt bitarna att falla på plats. Minns att hon vid ett tillfälle hållit sig lugn i flera veckor, jag trodde då att hon hade gett upp. Men så kom plötsligt ett meddelande igen. Den känslan jag kände då, känner jag lika starkt om inte ännu starkare nu när jag ligger här. På nolltid är jag tillbaka i den känslan och vid det tillfället.

Hon skrev;
Trodde du var borta?

Borta, vad menar hon med det? Känslan som genomsyrar de orden är kalla och fyllda av hat och förmodligen riktat som ett hot.

Den kvällen satte jag mig ner i mitt kök, det är det rum jag tycker mest om och vistas helst i. Det är sparsamt och stilrent inrett, samtidigt som det känns ombonat och välkomnande.

Lampan i fönstret ger ett hemtrevligt varmt sken, de vita orkidéerna blommar oavbrutet. Där jag sitter vid mitt runda köksbord som pryds av runda grå bordstabletterna, det fina välfyllda fruktfatet i silver med frukter som ger färg och liv åt köket, och tre ljuslyktorna med värmeljusens vekar vars lågor fladdrar till i vinddraget från fönstret som står på glänt. Jag ryser till och idag hjälper inte de tända ljusen till att höja mysfaktorn och värmen i köket och lägenheten.

I lågornas sken sätter jag mig ner och påbörjar att skriva ett brev som är till henne. Ett handskrivet brev på det enda brevpapper jag äger, ironiskt nog är det ljuvt och romantiskt rosafärgat. Ett brev som jag aldrig kom att skicka till henne. Och som jag nu inser hon nog aldrig kommer att läsa. Överlever jag det här lovar jag mig själv att jag personligen ska läsa upp det för henne, hon ska lyssna på varje ord vare sig hon vill eller inte.

Överlever jag inte detta, hoppas jag mer än innerligt att de människor som går igenom, rensar och gör sig av med mitt dödsbo, hittar brevet som jag så omsorgsfullt har lagt underst i mitt ena nattduksbord. Att personen eller personerna i fråga som hittar det, inte bara läser det utan tänker till och förstår vikten av ett brev som skrevs i frustration och rädsla med en känsla av att känna sig hotad.

Detta brev kanske kommer att bli det bevis som får henne på fall. Kanske får hon läsa brevet och bli varse om det trots allt?

Brevet till henne:

Hej,
Jag har fram tills nu avstått ifrån att svara dig.
Dels för att jag inte vill vara en del av ditt mörker.
Men även för att du väljer att höra av dig på icke humana tider.
Hade du verkligen velat prata med mig, hade du kontaktat mig under normala tider på dygnet. Hela ditt agerande tyder på att du agerar i affekt. Det ska man vara försiktig med. Med varje aktion följer en reaktion.

Och det kan ge otrevlig besk eftersmak i munnen. Du ska
här få min syn och mina upplevelser av det hela med för-
hoppning om att du tar till dig det jag skriver och tar dig
samman och lämnar mig ifred.
Vet inte vad Ert egentliga problem är, men kan förnimma
vad det handlar om.
Utefter hur du uttrycker dig, då du ena stunden kastar ut
honom och ger bort honom.
För att i nästa stund beklaga dig att du varit en idiot som
litat på honom.
Du kommer med anklagelser om otrohet, lögner och svek.
Vad ska jag med denna information till?

Först vill jag säga, att det du har skrivit och uttryckt om
honom, så tycker jag inte man säger och uttrycker sig. Om
mannen man säger att man älskar. Och definitivt inte till
en tredje person.
Du får inte glömma att människan oftast dömer andra ut-
efter där man själv står.
Dina ageranden och känslor talar mer för hur du mår.
Jag kan inte förstå dina ageranden, de är helt främmande för
mig, och allt annat än kärlek.

Att du inte är nöjd med din relation har jag förstått från
dina samtal och sms.
Vad jag inte förstår är varför du blandar in mig i det?
Jag har aldrig varit och kommer aldrig att vara en del av
den.
Vi är inte konkurrenter, i sann och äkta kärlek finns inte
konkurrens.
Jag har aldrig haft ambition, lust eller längtan att förstöra
eller såra någon.

Vare sig dig eller någon annan.
Detta sköter människor på egen hand utan ytter hjälp och påverkan.
Ingen kan såra eller göra oss besvikna.
Sanningen är att människor behandlar oss som vi tillåter dem behandla oss.
Vi behandlar andra som vi får deras tillåtelse att behandla dem.
Det innebär att vi bara kan vara besvikna på oss själva.
Vi har själva alla svar inom oss.
Vad vi gjort rätt, gjort fel och vår egen del i det hela.
Anförtro sig, ha tillit till och agera så man kan leva med sig själv är A och O.
Är man inte nöjd med vad man skapat får man ta lärdom av det, välja om och göra det bättre nästa gång.
Du och jag känner inte varandra.
Du är säkert en kvinna som har bra egenskaper och fina sidor.

Men nu får det vara bra, jag accepterar inte ditt agerande gentemot mig.
Det är helt oacceptabelt och får inte upprepas, vare sig mot mig eller någon annan.
Kan du inte lämna mig ifred, så behöver du söka hjälp!

Hade det förändrat något om jag hade skickat brevet? Hade hon tagit sitt förnuft tillfånga? Hade jag då inte legat här? På väg att somna in för all framtid. Hennes önskan och tro om att jag är borta hade kanske inte då besannats?

Sakta försvinner jag bort igen, tanken och medvetande blir allt svagare och svagare.

Kallt, kalt men ändå vitt och ljust.

Att sitta fast i sitt eget sinne, i sin egen kropp med en dålig eller med ingen självkänsla kvar alls.

Då kan det minsta lilla tvivel bli en stor, klar och tydlig sanning.

Alla har vi vår egen sanning.

Men icke att förglömma är, att allt inte är vad det ser ut att vara.

Vem har inte lurats att tro att allt är guld som glimmar.

Kapitel 8

HAN. HAN JAG kallar min kärlek, börjar vakna till. Det märks på hans andning och hans hjärtslag. Att bara ligga och lyssna till och få känna hans hjärta är något av det bästa jag vet, jag kan ligga på hans bröst i timmar. Mitt hjärta längtar efter honom, och mitt hjärta sänder ut den längtan till hans hjärta. Jag vet att inom någon minut kommer han öppna sina ögon. Hans blick kommer vara varm, glansig och busig. När hans blick möter min kommer hela hans ansikte spricka upp i ett stort underbart leende, ett leende som jag memorerat, ett leende som smittar av sig, ett leende jag alltid kan plocka fram närsomhelst ur min minnesbank.

— God morgon!

— Älskling. God morgon. Har du varit vaken länge? Frågar han i samma stund som han slår upp sina ögon och våra blickar möts.

— Ja en stund, säger jag och ler.

— Har du inte sovit bra?

— Varför skulle jag inte sova bra? Finns ingen gång jag sover bättre än bredvid dig. Har du sovit bra?

— Absolut, samma här, jag sover alltid bra med dig. Sängen gör sitt den är jätteskön.

— Sängen ja den är skön. Men du delar den med skön tjej också.

— Haha. Ja den bästa och skönaste tjejen och sängen. Kom närmare lägg dig här på min arm.

Samtidigt som jag långsamt lägger mig tillrätta på hans arm så låter jag min hand smeka honom från hans knä och uppåt.

— Ligger jag bra så här?

— Ja så här vill jag att du ligger en stund. Sedan är det jag som ska kyssa dig från topp till tå.

Det finns ingen annan som han! Denna man kan jag göra vad som helst med.

Han kysser min panna, mina ögon och mina läppar mjukt och försiktigt till en början. Kyssarna blir hetare och intensivare hans tunga och mun smakar och utforskar hela mig. Jag ryser av lust och välbehag, min andning kommer mer stötvis och jag kan inte längre kontrollera vare sig ljuden och lusten som bubblar inom mig.

Hans tunga leker och retar mitt sköte. Det är så skönt och jag är så blöt, orgasmerna låter inte vänta på sig, jag vill inte vänta.

Vill aldrig att det ska ta slut jag vill bara ha mer och mer och jag vill ha honom.

Han lägger sig bakom mig, jag känner hur stor och hård han är. Med min hand, ja med hela mitt kroppsspråk talar jag om vart jag vill ha honom.

Långsamt och njutningsfullt tränger han in i mig. Det är så skönt att varenda muskel i kroppen spänns för att sedan slappna av. Ömsom spänd och ömsom avslappnad, om vart annat pressas luften stötvis ut genom näsan samtidigt som kvidande ljud kommer över mina läppar.

Tillsammans börjar vi röra oss som vi är ett, till en början sakta och försiktigt för att sedan öka. Liggandes på hans ena arm leker och suger jag på hans fingrar, hans andra hand håller ett stadigt tag om min höft. Jag svankar, gör mig redo för att möta upp honom i varje stöt. Det är så starkt och så skönt, av hans andning att döma är han nära.

— Älskling jag kommer snart. Vart vill du jag ska komma?

— Kom i mig. Åh gud så skönt det är. Åh gud! Jag skriker rakt ut och orgasmen är total.

Vi har gjort det igen! Ännu en gång är han min gud. Vi ligger sked och han håller om mig med sina långa starka armar, och han är fortfarande kvar inuti mig en liten stund till. Närmare än så här kommer man inte en annan människa.

— Älskling jag är hungrig, ska vi gå upp?

— Ja det kan vi göra, jag fixar frukost om du vill duscha först.

— Älskling, jag är inte hungrigare än att vi kan duscha ihop och sedan göra frukost tillsammans.

— Mysigt, så gör vi.

— Kommer du sakna mig nu när jag drar mig ur?

— Såklart det kommer bli tomt. Gör det sakta så jag får njuta av varje sekund. Säger jag och skrattar varmt och hjärtligt.

— Vill se dig njuta så här resten av ditt liv, my love.

Vattnets strålar sköljer över våra kroppar, välbehövligt och uppfriskande. Jag kan inte hålla mina händer i styr i närheten av denna man. Jag tvålar in honom, mina händer rör sig över hela hans kropp. Han luktar gott även när han inte är insmord med väldoftande tvål. Mina händer har en viss inverkan på honom. Känner hur han blir hård igen. Jag sköljer bort tvålen från hans bröst, mage och lår. Min tunga och mun jobbar sig ner mot hans stånd. Jag sätter mig på knä och leker med toppen, vet hur jag ska reta honom.

Bit för bit suger jag honom längre och djupare in i min mun. Vet hur han älskar när jag suger riktigt djupt. Ju djupare jag suger desto blötare blir min blick, ögonen nästan tåras och saliven rinner till i mängder. Han håller mitt huvud och jag tittar upp på honom, ser och känner att han är nära. Lite till så är vi där. Han kommer i min mun, jag sväljer det och fortsätter att sugan men nu varsamt och försiktigt samtidigt som hans stånd sakta avtar.

Ta till vara på och leva maximalt de stunder vi har tillsammans är vad vi kan göra. Orden kvalitet framför kvantitet har fått en ny innebörd för mig. Jag hade gärna vaknat på samma sätt varje morgon. Ja, vem skulle inte vilja det?

Att ge sig hän, släppa all kontroll för njutningens skull är befriande och alla människors rätt.

Ge sig själv till en annan människa.

Utan förbehåll med en önskan att ge det bästa.

Två människor som ger sig hän, som rycks med av lust och som kan dela intimitet med helt öppna hjärtan.

Då är det långt mycket mer än att ha sex, älska, ligga, ja vad vi än väljer att kalla det.

Då är det ren och skär konst.

Något som överträffar allt annat.

Något som inte är alla förunnat att någonsin få uppleva.

Kapitel 9

DET KNÄPPER TILL i min kaffebryggare i samma stund som äggklockan ringer. Det doftar härligt av det nybryggda kaffet. Bordet är fint dukat med det krämfärgade porslinet med gulddetaljer och servetter i samma färgskala. På bordet står en vacker vårbukett i vitt, ljusrosa och lime. Färska grönsaker och bär i härliga färger. Naturell yoghurt, pålägg, färskt bröd, mjölk och den nypressade apelsinjuicen. Ställer fram äggen och häller upp kaffet och konstaterar nöjt att detta frukostbord kommer tillfredsställa alla sinnen.

— Frukosten är klar!

— Kommer! Ska bara ta på mig lite kläder. Eller vill du ha mig naken?

— För min del behöver du inte ta på dig kläder. Och grannen mitt emot kan absolut få något maskulint, stiligt och praktfullt att vila ögonen på. Man ska dela med sig av härligheterna till sina medmänniskor.

— Du är omtänksam du älskling.

Ja det måste man väl ändå säga, tänker jag för mig själv. Delat honom med henne har jag gjort, och med största sannolikhet med ännu fler kvinnor. Å andra sidan, det man inte vet har man inte ont av sägs det. Och vem är jag att kräva något av honom? Vi har inga skyldigheter till varandra. Jag älskar honom villkorslöst. Min önskan är att han ska vara och göra det som gör honom lycklig. Jag bryr mig inte om vart han är eller vad han gör bara han har det bra.

Frågan är om han en dag kommer känna det samma för mig? Älska mig lika högt som jag älskar honom, då kommer han att välja att dela sitt liv med mig. Vilket fantastiskt liv vi skulle kunna skapa tillsammans. Det hade varit ett mycket annorlunda och allt annat än ett Svensson liv. Så härligt, så spännande, så mycket kärlek, upplevelser, äventyr, humor, glädje och kommunikation. Mer än de flesta människor någonsin kan drömma om.

— Åh vad fint du gjort, vilken frukost! Du underbara fantastiska kvinna vad har jag gjort för att förtjäna dig?

Han drar mig intill sig, hans armar håller mig i ett tryggt och bestämt famntag samtidigt som han pussar min panna. Jag känner hans tacksamhet och kärlek. Jag böjer mitt huvud bakåt och tittar upp på honom. Om han kan läsa mina tankar eller tyda min blick?

Som utstrålar, att han förtjänar mig, att jag förtjänar honom, ja att vi förtjänar varandra, går inte att tyda i hans ansikte.

I samma stund sänder jag tanken att vi nu absolut förtjänar den härliga frukosten som står fram dukad. Den tanken plockar han upp och kramar han mig hårdare, ger mig ännu en puss och denna gången på munnen innan han släpper mig och sätter sig vid bordet.

— Hur ser din dag ut idag?

— Jag har inget planerat alls, det är söndag och den dagen i veckan som jag brukar göra just det som jag känner för i stunden. Hur ser din dag ut? Åker du vidare idag?

— Det var just det jag tänkte fråga om du vill att jag stannar tills i morgon?

Är det sant? Jag kan inte tro det. Får nästan nypa mig i armen för att försäkra mig om att jag inte drömmer. Om jag vill att han ska stanna en dag till? Jag vill att han ska stanna för all tid och evighet.

— Ja, vad trevligt det är klart jag vill att du ska stanna, det gör mig glad.

— Jag måste jobba några timmar. Det är match här idag.

— Ja, jag såg det på sporten igår.

— Jag har ett möte innan. Vill du gå med på matchen? Så kan vi gå ut och äta efteråt.

— Ja varför inte, det kan vara trevligt.

— Åker du med nu? Eller kommer du till matchen?

— Nej jag gör i ordning här hemma och fixar mig själv i lugn och ro så kommer jag ner till när matchen börjar.

— Vad trevligt, då ska du få träffa några av mina kollegor, de kommer tycka så mycket om dig. Inte för mycket bara hoppas jag. Säger han med sitt spjuveraktiga leende.

— Ja det ska bli trevligt att träffa dem. Det ska också bli roligt att gå på matchen.

— På tal om något annat. Ska vi inte ta och åka iväg på en liten weekendtripp snart? Det var ett bra tag sedan nu.

Har han inte fått nog? Vi älskat flera gånger det senast dygnet. Eller har han fått smak på det? Den som får lite vill ha mer sägs det, det kanske ligger något i det?

När jag tänker efter så var det två månader sedan vi var iväg i Vadstena. Med andra ord tycker han det är hög tid för lite lagarbete igen.

Även om det var en spännande och för min del en annorlunda, ny och häftig upplevelse så känns det inte som det var så länge sedan. Som den sanna lagspelare han är så gör sig hans längtan kanske påmind. Med andra ord är han sugen på några fler lagmedlemmar i våra erotiska lekar.

— Är du sugen på lite nya äventyr?

— Nja. Både ja och nej. Jag har ju dig, det räcker alldeles förträffligt för min del. Men nu när du säger det, visst kan det vara lite spännande det kan jag inte förneka.

— Då tolkar jag det som ett ja?

— Sitt nu inte här och hetsa upp dig, gör dig i ordning och åk på ditt möte. Så kan vi planera mera ikväll.

— Haha, ja det blir inte lätt att fokusera på jobbet nu.

— Nej. Och frågan är om du då kan koncentrera dig på matchen? När jag sitter bredvid och i smyg både slickar dig i örat och drar handen över härligheten. Fundera på det du?

— Haha, det är inte snällt.

— Men har jag någonsin påstått att jag är snäll?

— Snäll är du, men förbannat retsam och jag älskar det. Tack för frukosten.

— Älskling, det var så lite så. Bara förrätten när jag tänker efter, det kommer mera var så säker, säger jag samtidigt som han reser sig från frukostbordet.

Han står påklädd och klar i hallen, på väg att åka på mötet. Han tar mig i sin famn, kramar mig hårt och ömsom pussar mig ömsom mumlar om att vi ses snart och om vart vi ska mötas. Så vi kan gå in tillsammans på matchen. Jag har så svårt att motstå att inte trycka på de där knapparna. Knapparna jag kan trycka på för att få honom att stanna kvar för en snabbis.

Men då vet jag att han blir sen och stressad och det vill jag inte utsätta honom för. Nej, detta får bli som ett långt härligt förspel inför vad som komma skall, ikväll när vi kommer hem igen. Jag tittar upp på honom och när våra blickar möts vet vi båda två att det lustfyllda förspelet fullt av erotiska små ord, gester och blickar är i full gång…

Känslan av att ingen eller inget kan nå dig, ingen eller inget kan skada eller göra dig illa.

Känslan av att vara totalt skyddad från allt.

I hans famn, tryckt mot hans bröst, med hans starka armar runt mig, då finns inga tvivel eller rädslor alls.

Är detta typiskt kvinnligt att känna och uppleva?

Känner en man någonsin så i en kvinnas famn?

Önskar alla ska få känna och uppleva detta.

En konstgjord andning, en nödvändig paus för att ge kroppen och själen några minuter av total avslappning och ro.

Kapitel 10

Musiken strömmar ur högtalaren jag sjunger med för kung och fosterland. Låten handlar om en man och en kvinna som båda väntat så länge på att träffa någon som kan se dem precis som de är. Om hur han kan se i hennes blick att hon kan ta hans längtan. Han vill inte längre blunda nu vill han se allt som det är. Att man en gång i livet kan träffa den kärleken, det hjärtat och den lyckan. Texten och musiken gör mig glad, upprymd och förväntansfull. Idag vill jag se absolut fantastiskt ut.

Med stor omsorg gör jag en mer än väl avancerad makeup, för att vara en söndag och vara på väg till ett sportevenemang. En makeup som får min hy att se jämn och slät ut. Använder ögonskuggor i lila för att få det gröna i mina ögon att framträda ännu mer, och blicken blir än mer intensiv. Håret lockar jag, lockar som jag sedan drar ur med fingrarna så det långa blonda håret ligger i vågor ner över axlar och skuldror.

Jag tittar ut och ser att solen försöker ta sig igenom molnen, kanske det kan spricka upp?

Hur som helst ser det inte ut som det ska börja regna.

Men det är inte så varmt så det får bli långbyxor och en tjockare jacka.

Där jag sitter på bussen, på väg in till stan tittandes ut genom fönsterrutan. Försöker jag koncentrera mig på de gamla trähusen bussen passerar. Trähus i engelsk stil och i olika färger. Vissa ser finare, mer inbjudande och hemtrevligare ut än andra. Med små uteplatser där blommor och träd börjar knoppas och väntar lika mycket på sol och värme som jag.

Hur mycket jag än försöker tränga undan tankarna, genom att istället fantisera om hur kvinnan och mannen som vi just passerar, lever sitt liv. De ser så rara ut där går hand i hand och rastar sin lilla svarta pudel. Lika snabbt som paret försvinner ur sikte så faller mina tankar tillbaka och då sveper det över mig.

Det spelar ingen roll hur mycket jag än försöker värja mig, stänga ute eller göra upp med dessa otrevliga minnen. Så lyckas jag inte fullt ut. Hur kunde hon bli så galen? Varför gav hon inte bara upp? Var det min tystnad som drev henne till alla hennes sjuka aktioner? Det finns ingen sans och balans i hennes agerande. Ingen röd tråd alls.

Ena stunden ger hon bort honom till mig.

För att i nästa stund tala ner honom. Och i en tredje stund hotat mig på alla sätt och vis.

Tänk om han hade vetat allt hon gjort mot mig, jag vågar inte ens tänka på hur det hade kunnat sluta. Det hade slutat olyckligt för både henne och honom. Jag avskyr när han reser bort. Och hon är utom kontroll. Då är hon och jag lämnade helt åt vårt öde. Speciellt om det är tidsskillnader och det inte alltid går att nå honom. Det väcker otrygghet hos mig.

Å andra sidan, vad ska han göra åt saken på andra sidan jordklotet? Ju mer jag tänker på det inser jag att han inte kan göra så mycket vart han än är. Inte hemma i Sverige heller, så länge vi inte är på samma plats. Kanske är det rent av dumt att jag valt att undanhålla saker hon gjort, både för honom och för polisen? Varför jag valde att inte konfrontera henne och även berätta allt för honom?

Jag blir inte klok på detta. Frågan är var gränsen går mellan att vara en stark, vis och intelligent kvinna eller för dum för sitt eget bästa? Vill gärna tro att jag är denna starka, visa och intelligenta kvinnan. Kvinnan som älskar, förlåter, låter saker passera, försöker igen och uthärdar vad livet väljer att pröva mig med. Kvinnan som vet betydelsen av att verkligen älska honom, ha tron på honom, uppmuntra honom och vara hans frid.

Intelligenta kvinnor sägs vara fulla av tvivel. Och de mindre intelligenta fulla av självförtroende. Visst tvivlar jag ibland, men frågan är om inte självförtroendet är större än tvivlet? Med andra ord jag är nog för dum för mitt eget bästa.

Att hela tiden slitas mellan att i ena stunden tycka synd om henne, för att i nästa stund tycka att hon är ett våp. Någon jag inte alls förstår mig på. Med total avsaknad av något som helst egenvärde. I de allra flesta stunder upplever jag henne obehaglig, oberäknelig med psykopatiska drag.

Är det ett uns av dåligt samvete som får mig att tycka synd om henne?

Och min rädsla som får mig att tycka att hon är ambivalent och galen?

Som den visa, medmänsklig och förstående kvinna jag är, skulle jag då tagit avstånd till allt det jag kände? När det framkom att han inte lämnat den relation han var i. Skulle jag gjort bäst i att backat undan och varit den kloka och visaste av oss.

Den som tog beslut åt oss alla tre och då samtidigt förnekat hela mig själv och alla mina känslor. Varit så förnuftig och kunnat sätta mig in i vad hon skulle kunna komma att känna, uppleva och bli utsatt för.

Må någon kunna förlåta mig, ja förlåta oss båda. Med alla medel försökte jag att vända mig om och gå. Försökte intala mig att just mitt hjärta måste följa mig vart jag än väljer att gå. Det var omöjligt. Istället valde jag att följa mitt hjärta för att se vart det skulle leda mig. Den dragningskraft han har på mig, kärleken, lusten, längtan och behovet av honom var så mycket större. Större än något annat. Jag varken kunde eller ville vända mig om och gå.

Det skulle vara att förneka mig själv, det skulle vara att inte ge mig själv det jag mest av allt längtar efter. Rädsla och tvivel fick ge vika för modet. Modet att våga ge mig själv allt jag önskar, längtar efter och tycker att jag är värd att få uppleva.

I hennes ögon framstår och må jag vara egoistisk, självisk och okänslig. En kvinna med avsaknad av empati. Empati för henne och hennes situation.

Det får vara vad och hur som helst, jag får själv ta ansvar för mina känslor, tankar och agerande.

Med vetskapen om att varje aktion får en reaktion. Här sitter jag nu med reaktionerna av mina val och agerande. Och börjar undra om jag själv är på väg att bli galen?

Är jag lika tokig och ambivalent som hon är? Är stunderna med honom verkligen värt detta? Inte ens när vi är tillsammans kan jag stänga ute henne helt. Hur mycket vi båda än försöker, att stänga henne ute. Och in låta henne påverka oss. Eller ta ifrån oss all den goda och positiva energi vi ger varandra, så lyckas vi aldrig fullt ut.

Om hon visste om detta skulle hon då uppleva att hon lyckats? Om hon visste att hon satt som en kil mellan oss, en kil där vi inte riktigt öppnar upp våra hjärtan till varandra helt och hållet. Är övertygad om att hon skulle vara väldigt nöjd med vetskapen om att hon påverkar oss, och gör det svårare och jobbigare.

Är det denna kil som gör att vi blandar in fler i våra sexuella lekar? Det är kanske inte av nyfikenhet, äventyrslust och den starka tillit han och jag har tillvarandra, som gör att vi åker på våra små erotiska weekends. Det kanske är så för att tala i klarspråk, att vår knullturné är destruktiva handlingar? Ett mörker vi låter henne sprida över vår annars så villkorslösa, förbehållslösa och inte minst härliga relation.

Kanske är hon och jag mer lika varandra än jag vill inse och tro? Åtminstone sitter vi med liknande känslor. Hon tycker att jag är allt ont som hänt henne, en vidrig kvinna som snärjt hennes man. En riktig hora och till råga på allt är tio år yngre än henne.

Kan se framför mig hur hon ena stunden skyller allt på mig. För att i nästa stund ta på sig offerkoftan och tycka synd om sig själv. Med känslan av att hon blivit utkonkurrerad av en yngre kvinna. Lika lite som hon vill ha mig i sitt liv, lika lite vill jag ha henne i mitt.

Jag vill inte ha med henne att göra. Men samtidigt vill jag veta vart jag har henne. Någon sa en gång *håll dina vänner nära dig och dina fiender ännu närmre* och det ligger något i det.

Kommer jag någonsin att glömma något av hennes samtal? Alla gånger hon ringt som jag inte svarat? Eller alla sms. Oavsett vilka av dem, dem där hon bett mig låta bli hennes man, till dem med rena hot. Att hon önskar livet ur mig är det ingen tvekan om. Som om detta inte vore nog.

Alla andra försök där hon på flera olika sätt försökt komma i kontakt med mig.

Eller de olika aktioner, när hon både gjort sig påmind och lämnat små hälsningar i form av diverse överraskningar på sociala medier. På min mobil och utanför mitt hem.

— Korsvägen nästa. Jag väcks ur mina tankar och går av bussen och bestämmer mig för att gå den sista biten. Solen smyger sig försiktigt igenom molnen och det kommer bli en fin eftermiddag. Det finast av allt är att jag kommer spendera den med honom. Ser honom på långt håll när jag närmar mig arenan.

Han skiljer sig från mängden. Hans utseende och utstrålning får mig att tänka på urtypen av den nordiska mannen. Med sin längd är han längre än de flesta.

Han är så vacker, så stilig och samtidigt med råare drag. Han är prototypen av den moderna vikingen. Han får syn på mig, hela han skiner upp och går mig till mötes. I samma stund som han pussar mig och tar mig i sin famn är hon som bortblåst.

Förneka aldrig dig själv.

Att förneka sig själv är att inte leva, det är att dö en smula långsamt och plågsamt.

Stå stark, stadig och modig för den du är, för det du tror på och för det du vill ha, det är att ge sig själv det bästa.

Spela spelet för att nå sina drömmar är inte alltid lätt.

Även om ens intuitioner är att inte såra vare sig själv och andra.

Ibland är det oundvikligt att inte såra sig själv och andra.

Men att följa sitt hjärta och sin intuition är den rätta vägen att gå.

Det är endast med hjärtat man ser klart.

Kapitel 11

STÄMNINGEN I ARENAN är verkligen på topp, en av årets första matcher, publiken och fansen är hoppfulla inför den kommande säsongen. Laget är förhands tippat att kunna vinna guldet denna säsong. Det är vanligtvis lätt att komma in i stämningen när klacken bjuder upp till sång.

Hade jag varit här för att se matchen i goda vänners lag, hade jag definitivt varit mer avslappnad och inne i matchen. Men nu när jag sitter här bredvid min kärlek, bland hans kollegor och vänner så vill jag att allt ska bli så bra.

Att han ska känna sig stolt över mig. Och att hans kollegor och vänner, ja att alla ska tycka mycket om mig. Jag vill att de ska se mig som en mycket trevlig, klok, varm, rolig, smart och vacker kvinna. Vill kunna matcha honom, göra honom rättvis och att alla ska glädjas med honom att han har en sådan fin kvinna i sitt liv. Jag sitter och tänker på allt annat förutom matchen, men försöker se intresserad och engagerad ut.

Som den retsticka jag är kan jag inte låta bli att reta honom på alla sätt och vis. Detta är bara början på vad som komma skall.

Tittandes på matchen smeker jag honom diskret på insidan av låret, min hand söker sig försiktigt högre upp än vad han hade förväntat sig på en offentlig plats, snabbt och lätt rör jag vid hans heligaste.

Ser i ögonvrån hur han tittar till på mig, lite irriterad men ändå road. Han tar min hand i sin och jag vet att han har svårt att tygla sig och sina lustar. Jag dar åt mig min hand och tar upp min telefon. Skriver ett sms, han är så koncentrerad på matchen att han inte anar att det är till honom själv.

Jag skriver;
Hade vi suttit hemma i soffan
och tittat på matchen.
Så hade jag just nu haft
din manlighet i min mun.
Min tunga, mina läppar hade
lekt och stimulerat den.
Den hade sjunkit djupare och
djupare, ja långt ner i halsen.

Jag ser hur han omedelbart reagerar till.
Av att hans telefon vibrera i hans ficka, jag ser oberörd ut. Och väntar med spänning på att få se hans min när han läser det.

Ser hur han tar upp sin telefon, trycker på skärmen för att se vem som har skickat meddelande. När han ser vems namn som dyker upp i displayen tittar han upp på mig och frågar.

— Har du skickat ett sms?

Jag skakar på huvudet samtidigt som ett leende sprider sig över hela ansiktet. Med tanke på hans nyfikenhet vet jag att han kommer att läsa det. Han läser det snabbt och han kan inte dölja vad han tänker och känner, hans ögon blixtrar till av åtrå och han lyser av upphetsning.

Han tar min hand och lägger den i sitt knä, jag känner hur hård han är och hur det expanderar mer och mer innanför jeansen. Han dra mig intill sig pussar mig på kinden och viskar i mitt öra.

— Ska vi gå på toaletten för en snabbis nu innan pausen?

— Nej darling du jobbar nu. Viskar jag tillbaka. Samtidigt ler jag mitt retsammaste leende. Jag älskar dessa lekar. Vuxenlekar kan man roa sig med i all oändlighet. Det är något jag aldrig vill växa ifrån.

Den dagen då vi slutar att roa oss med dessa små hemliga, roliga och underhållande lekar kommer livet kännas tomt och trist. Känslor av värme, glädje, tacksamhet väller upp inom mig, jag älskar dessa känslor. Sedan vi träffades har dessa känslor en central och stor roll i mitt liv och i mitt hjärta. Hela jag ler. Jag kramar hans hand hårdare lutar mig emot honom och viskar i hans öra.

— Jag älskar att leka med dig!

Sorlet blandas med dofter av kaffe, kokt korv och popcornen i pausen, det är dags för lite kaffe. Vi kommer inte många steg åt gången förrän det är någon ny person vi ska hälsa på. Stämningen är på topp, det är mycket folk som samlats. Det ligger vinst i luften och vibrerar. Supportrar, entusiaster, nära och kära till spelarna blir som pånyttfödda när en ny säsong börjar. Jag insuper varje minut och hade önskat att jag kunde stanna tiden.

Mina tankar far iväg. Vad är det med oss och grupper? När vi är i större sammanhang, det är då som det känns att vi är som allra närmst varandra. Det är då vårt starka band av tillit och trygghet känns som mest. Lika starkt och självklart som att efter varje natt kommer en ny dag. Ett band som vare sig går att se eller ta på.

Ett band som binder oss samman utan att vi känner oss inlåsta, bundna eller ofria. Jag vet att även om vi skulle skiljas åt, inte ses under lång tid och inte ens om någon eller något skulle komma emellan oss, kommer detta band någonsin att brytas.
Det är ett magiskt band som alltid kommer finnas där.

Plötsligt väcks jag ur mina tankar av att min mobil ringer. Jag ursäktar mig för att svara. När jag får fram telefonen ur min ficka blir jag helt iskall. Står som fastfrusen och bara stirrar på mobilens display.
Det är hon. Varför ringer hon mig nu?
Det känns som en evighet för mig att ta ett beslut. Bestämmer mig för att sätta telefonen på ljudlös. Lägger sedan tillbaka den i fickan och försöker låtsas som ingenting.

— Kom, vi går tillbaka till våra platser matchen börjar snart igen.
Jag sträcker mig mot honom och fattar hans utsträckta hand, och hoppas på att min blick och mitt leende inte väcker misstankar hos honom.
— Gå tillbaka du, jag måste uppsöka damernas.
— Vill du jag ska vänta på dig här?

Han anar nog oråd? Att han erbjuder sig att vänta på mig känns oroväckande.

— Nej gå och sätt dig, jag kommer om en liten stund. Du är i tjänst så toalettbesöket får jag klara på egen hand, säger jag och skrattar så lättsamt jag kan. Inom mig ber jag en tyst bön att han ska nöja sig, och gå tillbaka till sin plats.

Publiken återgår också till sina platser och det blir snabbt tomt ute vid caféstånden och toaletterna.

Just som jag går in på den ena toaletten och ska stänga dörren så öppnas dörren bredvid. I ögonvrån ser jag lite av en kvinnas profil och hon känns så bekant. Samtidigt som jag uträttar mina behov går tankarna på högvarv och kan jag inte sluta fundera på vem hon var? Känner jag henne? Vad har vi träffats förut?

När jag kommer ut från toaletten är jag ensam kvar. Skönt att slippa trängas för att tvätta händerna och jag kan piffa till mig i lugn och ro. Sveper över pannan, näsan och hakan med pudret och bättrar på läpparna med lite konturpenna och läppglans. Jag står där och ler åt mig själv i hopp om att min lyster och glans ska återvända till mina ögon.

Mina gröna ögon, med bruna och guldiga stänk i, som annars ser varma ut. Nu ser jag bara en kall, ansträngd blick fylld av oro och obehag. Lägger håret till rätta tar några djup andetag och går med bestämda steg tillbaka till den läktarsektion där vi sitter.

— Hej älskling! Var nästan på väg att gå och titta efter dig.

— Ja det tar en stund att både uträtta sina behov och pudra näsan.

—Med tanke på hur länge du var borta så funderar jag på vilka behov du tillfredsställt.

—Ja du skulle bara veta vad som händer på kvinnornas?! Säger jag samtidigt som jag fnissar och pussar honom på kinden.

Jag hinner inte mer än att sätta mig för att fortsätta att följa matchen då jag får ett meddelande. Hela min intuition talar om att det är från henne. En del av mig vill bara slita upp telefonen och läsa vad hon nu kan tänkas ha skrivit och en annan del av mig säger, att jag ska låta det vara.
Min nyfikenhet går som segrare ur detta, så jag halar upp mobilen ur fickan igen.

—Vad populär du är idag älskling!

—Ja visst är jag säger jag. Samtidigt som jag vänder mig lite åt andra hållet för att kunna läsa meddelandet ifred.

Hon skriver;
Ett lite tips.
Passa på och njut,
för det är både första
och sista gången du är
på en match med honom!

Mitt hjärta stannar till när jag läser det hon skrivit. Det är som hjärtat krampar, strupen dras ihop och det är omöjligt att dra ner luft och syre. Instinktivt vill jag bara börja titta mig runt omkring, resa mig upp och skrika rakt ut. Skrika ut mina tankar och känslor. Jag samlar mig. Måste tänka. Tänka klart. Inte agera i affekt.

Är hon här? Eller hur vet hon att vi är på match ihop? Hur vet hon ens vad han är? Är hon allierad med någon av hans kollegor? Eller allierad med någon annan i hans närhet, någon som vet vart han är?

Tankarna och frågorna passerar i mitt huvud i rasande fart. Toaletten, hon som kom ut ur den bredvid mig, hon som kändes bekant. Var det hon? Vi har aldrig träffats i verkligheten. Jag har bara sett henne på foto men ibland fått för mig att jag sett henne på riktigt.

Då har jag intalat mig själv att jag varit paranoid, att jag ser henne i andra kvinnor, av oro och rädslor. För att sedan intala mig att så ambitiös skulle hon inte vara, att hon åker långväga bara för att befinna sig på samma plats som mig.

Med darrande hand lägger jag tillbaka mobilen i fickan och flyttar mig närmar honom. Pressar in min arm under hans arm, tar hans hand och hoppas att han är så inne i matchen att han inget märker. Kalla kårar löper längst min ryggrad och jag känner hur någon iakttar mig. Vågar inte vända mig om åt något håll. Men samtidigt måste jag få veta om hon är här.

Denna oro och dessa rädslor målar i sin tur bilder som föder och förstärker scenario om hur hon befinner sig runt omkring mig.

Det börjar bli psykiskt påfrestande.

Bilder som om allt, ja hela världen kretsar runt mig.

Eller åtminstone hennes värld.

Förnuftet säger att jag fått hybris.

Så viktig och märkvärdig är JAG inte.

Inte ens tillsammans med honom.

Kan det vara möjligt att obetydliga JAG utlöser sådan uppfinningsrikedom hos henne?

JAG kan väl omöjligt vara anledningen att hon lägger all denna tid, energi och framför allt pengar på att åka så långt för att vara runt omkring mig?

Rädsla och förnuft är inte de såtast vänner, de motarbetar varandra ständigt.

Dessa måste bli sams, det kan vara livsavgörande.

När rädslan skriker att det är fara och färde på allvar.

Då måste förnuftet tillåta mig att vara världens mittpunkt.

För hur kan jag annars veta om jag ska fly eller fäkta.

Kapitel 12

HÖR ETT SKRAPANDE släpande ljud långt, långt borta. Har svårt att lokalisera vad det kommer ifrån. Försöker få upp mina ögon. Mörkret börja lätta och jag ser strimmor av ljus, men det släpande ljudet ökar i styrka och kommer närmare och närmare.

Något är det som sakta släpar sig upp för en trappa, samtidigt som det måste vara något metalliknande föremål som dras emot galler. Både ljuset blir starkare och intensivare, likt väl som ljudet. Om jag nu kan lyckas få upp ögonen, är frågan om jag verkligen vill det? Vad kommer jag mötas av för syn? Är det någon bredvid mig? Någon som vill göra mig illa?

Tankarna går på högvarv. Fortsätt blunda lite till så köper du dig tid kvinna, säger min inre röst. Om någon iakttar mig så låt dem fortsätta tro att jag är avsvimmad och borta. Jag försöker febrilt att fokusera på mitt luktsinne, utan att alltför tydligt spärra upp näsborrarna för att dra in dofter och luft.

Att inte allt för våldsamt andas in och ut, utan att behålla en lugn och djup andning. Känner jag någon speciell doft? Doftar det inte lite manligt och kryddigt? Är det en man som iakttar mig? I så fall hör jag inte ett ljud ifrån honom, inte ens om han andas eller inte. Jag försöker sortera dofter och ljud. Ska jag försiktigt våga öppna ögonen, om än bara lite?

Sakta. Mycket sakta och försiktigt öppnar jag ögonen. Ljuset blir ännu starkare. Ögonen svider och tåras. För varje gång jag blinkar och återigen öppnar ögonen känns ljuset lättare att möta och min oro och ängslan försvinner mer och mer. Jag vågar se mig omkring. Kan inte omedelbart erinra mig om vart jag är. Rummet känns bekant.

Ett rum jag varit i innan. Nu ser jag hela rummet och drar en lättnades suck. Jag är ensam. Rummet är mitt eget vardagsrum, jag ligger fortfarande på min soffa.

Det skrapande och släpande ljudet som jag hörde måste varit någon granne som gick i trapphuset.

Varför ligger jag här? Jag får inte riktigt ordning på mina tankar. Jag känner mig tung i kroppen. En konstig känsla. Känslan är en blandning av att vara totalt avslappnad men samtidigt orörlig och stel. Nu minns jag, jag hade somnat på soffan. Undrar vad klockan är? Kanske dags att gå och lägga sig i sängen i stället? Frågan är vart jag lagt mobilen?

Jag gör ett försök med att sätta mig upp. Det händer ingenting. Sover hela kroppen? Har jag legat så länge på soffan? Nu känner jag förvirringen stiga inom mig på nytt. Jag försöker ordna mina tankar för att få klarhet i vad som hänt de sista timmarna.

Tankarna är som sammelsurium i huvudet. Det som framträder starkas inom mig är han. Mannen, myten och legenden. Han som jag skulle ge allt för. Han känns så nära men ändå så långt borta. Har han nyss varit här?

Jag kan inte ens dra mig till minnes när vi senast träffades eller vad vi gjorde. Samtidigt som bilder väller upp inom mig. Situationer och upplevelser. Sekvenser från en match. En tanke som inte känns helt bekväm.

Var det ingen bra match eller varför denna obehagskänsla?

Hinner inte förstå den tanken. Tankarna och bilderna flyger fram och tillbaka i en rasande fart. Återigen är jag på väg bort, in i en annan dimension mitt emellan dröm och verklighet. Återigen igen dyker bilder upp, hur vi är på en match med fullt av folk på läktarna, till hur vi sitter på små mysiga restauranger och middagar på tu man hand.

Att få vila och fly in i känslan inom om mig.
Där vi sitter försjunkna i diskussioner om allt från politik till mentala styrkor, samtidigt som vi äter och dricker något gott.

Detta fyller mig med betydligt angenämare känslor. Allt ifrån allvarsamma ämnen, till skratt, rå men hjärtlig humor. Och de härliga retsamma verbala och mentala förspel vi kan ägna oss åt. Ja i timmar, dagar och ibland upp till flera veckor i streck.

Tankar och bilder som dessa gör mig glad och förhöjer både puls och andningen inom mig. Det blir bara bättre och bättre kan jag konstaterar och jag undrar om det busiga leendet och den lystna blicken jag känner inom mig, speglas i mitt ansikte?

Där jag ligger orörlig och tillsynes sovande på soffan?

Den erotisk film spelas upp i mitt inre. En sekvens där den totala tilliten mellan en man och en kvinna är stark och solid. Jag känner mig varm inombords. Ser hur vi bjuder in fler i våra lekar. Nu känner jag ett litet uns av hetta och lust som växer mer och mer.

Detta, att jag som ligger här orörlig, kan känna dessa känslor ger mig lite hopp. Hopp om att livet kanske inte är över ännu. Jag känner känslor av spänning, gemenskap, lust men också lite skam. Mina kinder måste vara blossande röda och jag känner hur jag rodnar.

I tanken flyr jag bakåt till ett av de äventyr vi gjorde. Kommer jag någonsin få uppleva något liknande äventyr igen?

Samspelet oss emellan gjorde dessa äventyr fina och heliga. Nu blir minnet och bilderna tydliga för mig. Jag konstaterar att jag inte har så mycket annat jag kan göra.

Så varför inte återuppleva den där helgen ute på landsbygden? Den som var fylld av lust, tillit och magi. Låter tankarna vandra iväg för att få uppleva den ännu en gång till.

Tittar ut genom bilrutan. Ut över landskapet i Östergötland. Solen står högt på himlen, ängarna och hagarna är vackert gröna och inbjudande. Gårdarna är små och det är glest utplacerade. Husen längst med vägen talar om en tid, för länge sedan.

Ur högtalarna ljuder introt till en låt som vi båda känner väl. En duett som vi av en slump en gång lyssnade på. En låt som vi båda har fastnat för. En låt som vi känner igen oss i. En låt vi alltid sjunger med i. Jag vänder mig mot honom där han sitter avslappnad och van bakom ratten. Han vänder sig mot mig i samma stund som de första textraderna i låten börjar.

Jag anar att hans ögon ler, där bakom de hans mörka solglasögonen.

Han tar min hand och vi sjunger duetten som om vi skrivit den till varandra.

Han sjunger;
Har jag någonsin sagt att du betyder allt för mig?
Har jag någonsin sagt att dina ögon är det vackraste
jag sett, att det känns rätt...

Jag sjunger;
Har jag någonsin sagt att jag känner mig som tryggast i din famn?
Har jag någonsin sagt att du har mitt hjärta i din hand...

Båda sjunger;
Men jag säger det nu. Jag säger det, säger det nu.
Jag säger det nu må mitt hjärta inte gå itu...

Den vackra sjön Vättern ligger spegelblank och stilla. Att komma hit är som att göra en resa flera hundra år tillbaka i tiden. Att komma in i de olika hotellbyggnaderna, se de tjocka stenväggarna och stengolven som bevararats. Här är det lätt att få känslan och förnimma hur det var här på medeltiden, när både nunnor och munkar bodde och verkade här. Lugnet, idyllen blandat med mystiken som Vadstena kloster bjuder på är som gjord för magiska och lustfyllda upplevelser.

Det pirrar i hela kroppen. Som om jag hade fjärilar i magen, fullt av vatten i knäna och en stickande känsla i armar, ben och händer. Som om alla känslor kommer på en och samma gång.

Nervositeten ihop med den förväntan, lust, spänning och för den kärlek jag hyser för denna man. Champagnen vi dricker under tiden vi gör oss i ordning gör säkert sitt till också. Tar en sista titt i spegeln, kör fingrarna genom håret för en busigare och vildare look, tömmer glaset och bättrar på läppglanset. Hand i hand går vi ner till restaurangen, på väg mot vårt första äventyr av detta slag. Ingen av oss har tidigare gjort något liknande.

Han känns lugn där jag går bredvid honom. Han visar inga synliga tecken på att han skulle vara nervös. Han är klippan och tryggheten jag behöver i denna stund. Jag tittar på honom och bara vet i djupet av mitt hjärta att han kan behärska de flesta situationer i livet.

Att han alltid kommer kunna få mig att känna lugnet, tilliten och tron på att tillsammans reder vi ut vad som än må komma i vår väg.

Restaurangen är fylld till bredden, vid varje bord sitter där gäster som njuter av maten, pratar och skrattar. Det som slår mig är hur gemytligt det är med de vackra linnedukarna och kandelabrarna som står på varje bord. Vårt bord ligger längst in i restaurangen, från vårt bord har vi full uppsyn på alla som kommer in genom entrén till matsalen.

Vi har nätt och jämnt hunnit sätta oss vid vårt bord för fyra, innan våra två gäster uppenbarar sig och kliver in genom dörren. Förstår då omedelbart, att det är dessa två vackra kvinnor som vi väntar på.

De båda utstrålar lekfullhet och nyfikenhet men på samma gång ett behagligt lugn.

Där vi sitter alla fyra. Min kärlek och jag med dessa för oss två okända kvinnor. Kvinnor vi inte känner sedan innan. Kvinnor vi kom i kontakt med via en internetsida för lustfyllda möten.

Vi avnjuter mycket god mat och dryck och framstår med största sannolikhet i de andra gästernas ögon, som vilket middagssällskap som helst.

Samtalen och stämningen är förvånansvärt avslappnad trots åldersskillnaden mellan oss och kvinnorna. De är båda är strax under trettio år, tjugo år yngre än oss. Samtalen är lättsamma och bjuder på härliga skratt.

Jag fylls av en otrolig tacksamhetskänsla för detta. Min rädsla och oro över att alla andra runt oss, ska förstå vad vi ska komma att ägna oss åt. Vad för aktiviteter kan jag släppa, och det känns bättre än jag någonsin kunnat föreställa mig.

Gästerna närmst oss tittar åt vårt håll då och då, ler och gläds med oss. Eller önskar familjefadern på bordet till höger om oss, att han och hans fru hade lika roliga och givande samtal. Att deras barn som är i tidiga tonåren aktivt deltog i samtalen istället för att sitta med sina mobiler fastklistrade i handen?

Paret som sitter på bordet framför oss, ser ut att vara där för att väcka romantiken och kärleken i förhållandet till liv igen. De ser på oss med en längtan i blicken om att få vara en del av vårt glada sällskap. Jag skrattar till inombords och kan inte låta bli att tänka tanken, att de kanske också skulle vilja delta i våra erotiska lekar och få fart på sitt sexliv igen.

Dock har jag en liten oro och stress inom mig. Stressen för när vi alla fyra, ska gå in på vårt rum. Tänk om gästerna som bor i rummet bredvid oss, ser när vi går in? Vad kommer de att tänka?
Kommer det vara uppenbart vad vi ska göra? Gör vi något fel? Något brottsligt?

Tankarna snurrar lite snabbare nu då vi är redo att lämna restaurangen och gå. Jag för en inre konversation med mig själv, för att lugna mig och inte förstöra denna lätthet och bekväma känsla som finns oss fyra emellan. Intalar mig själv att ingen kommer att tänka på varför vi fyra går in på rummet. Jag tänker inte på sådana saker när jag ser sällskap gå in på ett hotellrum. Och vi gör inget fel. Vi är alla fyra här av egen fri vilja. Vi är alla vuxna människor.

Kvinnorna sätter sig på sängen. Jag ställer fram lite jordgubbar på det lilla runda bordet och han min kärlek öppnar en till flaska champagne. Efter att han fyllt allas glas sätter vi oss mittemot, i en fåtölj. Nu börjar jag bli nervös på riktigt och behöver sitta nära honom, för att smittas av hans lugn.

Vi höjer våra glas för en skål. Konstaterar att vi hittills haft en trevlig kväll och med hopp om en fin och magisk avslutning.

Kvinnorna tar initiativet genom att börja mata varandra med jordgubbarna. Deras sätt att bearbeta jordgubbarna med läppar och tungan är både erotiskt och laddat. Jag sitter uppkrupen i hans knä. Han håller om mig och pussar mig då och då på halsen och kinden, samtidigt som vi båda tittar på när kvinnorna på sängen börjar ta på varandra.

Det syns tydligt i deras samspel att de båda gjort detta tidigare och att det inte är första gången de tillfredsställer varandra.

Deras sätt att ta på varandra, hur de kysser, smeker och samtidigt klär av varandra är mycket upphetsande.

Jag känner hur han blir hård och jag tar vant min hand, öppnar hans byxor för större frihet och spelrum. Han lägger sin ena hand om min nacke och vänder mitt ansikte mot sig.

Han kysser mig djupt och passionerat. Samtidigt som hans andra hand letar sig in under klänningen och smeker insidan av låret från knät och uppåt. Jag känner hur det bultar och pulserar i mitt underliv. När hans fingrar vidrör mig utanpå trosorna känner jag hur både min och hans andning gör små uppehåll.

Kvinnorna bjuder in mig till deras lek.

Jag känner en viss tvekan för att lämna hans trygghet och knä. Den ena kvinnan sträcker ut sin hand och jag fattar den. Jag vågar eftersom att jag vet att jag när som helst kan avbryta och dra mig ur denna lustfyllda lek, om jag så önskar.

Han, min kärlek sitter kvar i fåtöljen och tittar på oss tre. Kvinnorna hjälps åt att ta av mig kläderna. Innan jag vet ordet av är vi tre nakna kvinnor, med tre helt olika kroppar, kvinnliga och vackra var och en på sitt eget sätt.

Den ena med en kurvig yppig kropp, som klippt och skuren ur en bild från 1950 talet, prototypen av den typiska pinuppan, med rött eldigt hår och sin elfenbensvita hy. Den andra kvinnan är mer pojkflickan med sin raka kropp, med små fasta bröst, solbrända hud med fräknar i sitt ansikte som får henne att se än mer lekfull och vild ut.

Medans min egen kropp som vittnar om en fysisk mognad, där spår av yngre vigör i och för sig fortfarande kan anas även om huden inte längre är lika spänd, brösten inte lika fast och rumpan inte lika välformad.

Tre kroppar som smälter samman. Vant, förföriskt men med viss försiktighet börjar de ta på min kropp. Jag söker hans blick där han sitter, ser hur hans ögon njuter av vad han ser.

Det ger mig lugn och självförtroende att fortsätta. Att bara få ta emot och njuta av dessa underbara kvinnors skickliga händer, fingrar, tungor, läppar och munnar känns helt fantastiskt. Det går intensiva vågor och stötar genom hela min kropp. Detta vill jag dela med honom. Jag ber honom komma till oss.

Jag bjuder in honom i vår lek. Vi, alla tre, hjälps åt, vi tar hans kropp i besittning. Gemensamt leker våra tungor, våra munnar och händer över hela hans kropp.

Han tittar upp och jag möter återigen hans blick, en blick som inte har något slut. En blick som talar om att himlen inte känner några gränser. En blick jag aldrig ska komma att glömma. Ett ögonblick som detta ger mig en sådan tillfredställelse och bekräftelse att vi tillsammans delar en njutning utöver det vanliga.

Det närmar sig antiklimax för oss alla fyra. Andningen kommer stötvis. Vi alla får uppenbara den sista kraften vi har inom oss, för att vi alla fyra skall kunna explodera tillsammans. Med tungor och munnar får alla sin del av ren och skär njutning.
Njutningen, lusten och spänningen är total, det är riktigt, riktigt nära.

Efteråt ligger alla fyra alldeles stilla och tysta. Vi har just delat en stund, en lek och en upplevelse som bara vi kan dela. Något som var underbart, fint och helt magiskt.

Att något så magiskt, lekfullt, lustfyllt, erotiskt, upphetsande, utlösande och befriande ska behöva vara förknippat med uns av skam, ånger, vanära, förnedring och skandal.

Det ska ske i hemlighet med största sekretess för att slippa stå till svars för att vara en del av något större.

Och för att kunna konsten att njuta och bejaka en av de största drifter vi har.

För något som är mystiskt, något vi dras till, men som för några av oss är oprövat och oupplevt, detta har vi mycket tankar, åsikter och omdömen om.

Så motsägelsefull är människan.

Något de flesta av oss någon gång fantiserat om, men som få vågar erkänna och pröva.

För all del vissa saker i livet bör förbli fantasier, men vad dessa är och inom vilka områden lämnas till var och en av oss att själva bestämma.

Kapitel 13

JAG GÖR YTTERLIGARE en ansats att sätta mig upp i soffan. Ingenting händer. Ett nytt försök, även det utan resultat och utan att en enda muskel i kroppen svarar eller reagerar.

Då kommer det över mig igen. Att jag ligger här förgiftad och förlamad. Ingenting har ändrats. Frågan är bara hur länge jag legat här? Och hur länge det går mellan stunderna när jag slumrar till. Det är då som alla minnen kommer tillbaka, det är då jag upplever allt om igen. På gott och på ont.

Är det något jag kommit att inse så är det att de enda människorna jag vill ha i mitt liv, är dem som vill ha mig i sitt liv, även när jag inte har något annat att erbjuda än mig själv. Dessvärre har jag tydligen inte varit tillräckligt selektiv. Jag har bjudit in, tillåtit eller inte klart markerat vilka som varit välkomna i min sfär.

Är det för att jag inte avstått honom, eller för att jag inte stoppat henne som jag nu får sona mina synder? Vad är mitt egentliga brott? Jag har inte ens begått något brott. Däremot har jag älskat, älskat villkorslöst. Älskat utan att ställa krav eller ultimatum.

Jag tittar ut och det börjar skymma. Det slår mig att det fortfarande kan vara fredagskväll, och att jag kan bli liggandes här på soffan i flera dagar om det vill sig illa. Om jag överlever i några dagar till vill säga?

Det händer ibland att jag åker hem en fredag efter jobbet och inte pratar med någon förrän på måndagen när jag är tillbaka på arbetet igen. Att ha sådana helger, bara vara helt för sig själv, med tid för återhämtning och påfyllnad av energiförrådet det är något jag verkligen uppskattar. Nu känner jag inte den uppskattningen alls. Jag grips av panik. Jag kanske till och med börja lukta lik innan någon hittar mig?

Ögonen vattnas. Det är som att titta i ett cyklop fyllt med vatten. Det finns ingen hejd utan tårarna väller fram och trillar ned för mina kinder. Det blir svårare att andas och trycket över bröstet gör att jag får minimalt med syre. Är det en ångestattack?

Jag har aldrig tidigare upplevt en sådan här smärta, sådana svårigheter att andas och jag har aldrig i hela mitt fyrtiosexåriga liv känt mig så här fruktansvärt ensam, rädd och hjälplös. Det är sådan obehaglig känsla. Att döden kommer som en ren och skär befrielse.

Frågan är bara hur långt borta den är?

Finns det något sätt att beskriva den?

Finns det ord som gör den rättvis och relevant?

Är den likadan för alla som upplever den?

Tar den sig uttryck på många olika sätt?

Är det genom att ha upplevt den och genom den som vi känner igen den hos andra?

Den har en helt annan smärta än den fysiska smärtan.

Den fysiska smärtan är angenäm i jämförelse.

Den är som en avgrund, ett mörker och en kramp som just i stunden känns bottenlös.

Där det inte först ser ut att finnas någon strimma av ljus, ingen väg tillbaka, ingen stege eller trappa tillhands för att börja en vandring.

En vandring upp och tillbaka till någon som helst uns av lycklig känsla.

Den invaggar oss att tro att vi är helt ensamma, helt för-passade till vårt tillstånd ett öde vi förmodligen förtjänat.

Den är vår följeslagare och ligger och lurar längs vår livsväg.

Vem kom på att hoppet är det sista som överger oss?

Nu vet jag att sorgen är det sista som överger oss, det sista vi upplever och som blir vår sista upplevelse.

Kapitel 14

Hur VILL JAG avsluta detta liv är frågan? Det är just det här med val. Har man alltid ett val? Jag ligger där jag ligger. Kan inte förmedla mig med omvärlden. Kan inte ropa, gapa eller skrika. I hopp om att någon ska höra mig. Jag kan inte röra en enda del av mig kropp.

Jag kan inte heller som det verkar välja om jag ska leva eller dö. Men en sak kan jag välja. Jag har ett val om hur jag vill avsluta mitt liv. Med ens börjar jag känna mig lugnare. Börjar återta kontrollen över andningen. I mina tankar talar jag med mig själv. Kommer överens med mig själv. Kan jag på något sätt förhindra att dö med känslan om att vara i kamp och sorg, så vill jag det.

Kan jag undvika att lämna detta liv och möta livet på den andra sidan utan kamp. Med frid i själen. Det måste vara det bästa jag kan göra för mig själv. Att förlåta mig själv, förlåta honom och om jag till och med kan förlåta henne. Då har jag åtminstone något att göra tills de på andra sidan kommer för att ta mig med.

Undra vilka från andra sidan som kommer och möter mig. Kommer Morfar?

Farmor? Farfar? Eller kommer den mystiska mannen för att hämta mig?

Genast känner jag mig lugnare och jag ser tydligt framför mig just den höstkvällen då han kom till mig. Jag var väldigt upprymd, glad och förväntansfull.

Så lycklig över att vi skulle få spendera lite tid innan han skulle iväg på en av sina längre resor. Han skulle vara borta i några veckor. När han ringer och frågar om han får komma, blir jag tårögd av glädje. Att han tagit sig tid, av tid han egentligen inte hade för att hinna komma till mig innan han åkte iväg. Då vet min glädje inga gränser.

— Hej älskling.

— Hej.

— Jag är färdig på mötet nu och på väg. Är det något jag ska handla med mig? Något speciellt du är sugen på?

— Ja det finns något väldigt speciellt jag är sugen på. Något som det bara finns en av. Något som inte går att köpa för pengar.

— Fina! Du ska få det där speciella, det där något. Du vet att allt mitt är ditt.

Vi skrattar båda två, skratt som är fyllt av värme och längtan.

— Nej, du behöver inte köpa med dig något. Allt finns, det är bara du som saknas.

— Då är jag där om några minuter. Puss.

— Väntar på dig. Puss.

Vi hade bara lagt på så kommer tankarna till mig. De där tankarna som dyker upp utan någon som helst anknytning till vad som sagts, gjorts eller förväntas hända. Dessa tankar är väldigt olika de vardagstankar jag har. Dessa tanka är mer som varsel. Tankar som är mer som information. Information från något större och för många något okänt.

Informationen kommer direkt efter att vi lagt på. Information om att han har med sig någon.
Han kan väl ändå inte ha med sig någon? Det hade han i så fall sagt eller frågat om det var okej.
Tanken och känslan är så stark och så intensiv. Något säger mig att han är i sällskap av en äldre man.

Hör honom på utsidan, utanför entrédörren. Jag öppnar försiktigt och tyst dörren till lägenheten. Utanför står han, han som mitt hjärta har valt, han som är min största kärlek. Där står han med sina väskor som han försöker få med sig genom entrén samtidigt som han håller upp dörren. Han är så koncentrerad på det han gör att har inte hört att jag öppnat dörren. Lägenheten ligger på entréplan rakt fram som första lägenhet när man kommit in genom porten.
Jag hade bara behövt ta några steg för att hjälpa honom med väskorna. Men istället så står jag där i dörröppningen och insuper det jag ser, upplever och känner. Alla mina sinnen fylls av välbehag och lycka och jag ler med hela ansiktet bara genom att titta på honom. När han tittar upp möter han min blick. Hela hans ansikte spricker upp i ett av de finaste och vackraste leende man kan tänka sig. Han tar mig i

sin famn kramar mig länge. Vi blir stående en stund kramandes och pussandes.

Min blick letar efter den äldre mannen. Jag ser honom inte, men känner av hans energi. Då förstår jag. Mannen som jag känner av, men inte ser är från andra sidan. En man som lämnat jordelivet. Jag dra en lättnadens suck över att jag inte hasplat ur mig och frågat efter mannen jag känner av så starkt. Då hade han, min kärlek, mannen som står här framför mig livs levande, trott att jag hade gått och blivit tokig.

Att han skulle tro på andevärlden eller andra sidan är inte så sannolikt om jag känner honom någorlunda väl?

Vi sitter i timmar vid köksbordet, pratandes om allt. Diskussionsämnen som aldrig sinar. Pratar om allt mellan himmel och jord. Eller ja nästan allt. Ena stunden om världen och människas natur och om ungdomars mentala hälsa.

Vi pratar också om var vi ser oss själva i framtiden. Vi har väldigt liknande mål om vad vi gör och hur vi bor om tio år. Det ena leder till det andra, snart är vi inne på gemensamt boende.

Huset vi ser framför oss ligger lantligt. Nere från landsvägen kör man genom en allé, där gamla lönnar kantar grusvägen. När den tar slut uppenbarar sig ett fantastiskt vackert vitt stenhus med pelare som påminner om pelare som finns i gamla amfiteatrar.

Framför huset ligger en rund damm, i den står en stor fin fontän och sprutar vatten. Man kan köra runt fontänen och stanna framför huvudentrén med bilen.

Allt går i samma färg förutom den magnifika stora svarta järndörren som leder in i huset. Dörren inger trygghet och total avskärmade. Bakom den finns friheten att göra och vara exakt som man vill, ens egna hem och borg.

Inne i huset är det stora ytor med öppen planlösning där kök och vardagsrum går i ett, placerat rektangulärt med hela skjutdörrar av glas som vetter mot baksidan och trädgården. Längst med glasdörrarna är den stenbelagd altan med stort matsalsbord med plats för sexton personer. Där finns en grill och en köksbänk med vatten och ugn för utomhusbruk.

Altanen övergår i en gräsmatta. På den ligger en ovalformad pool, runt poolen ligger stenplattor och det står fyra stora krukor med vackra blomsterarrangemang. Där står också inbjudande solstolar med små bord emellan och parasoll för att kunna skydda sig mot solen om så önskas.

Tomten är omringad av en hög tät och välklippt häck. En häck som skärmar av mot åkrar och skog och skyddar mot insyn om någon mot förmodan skulle vara ute och promenera på åkrarna runt omkring.

Det är så har vårt drömhus ser ut, ett ställe där vi kan finna ro, vår egna privata egendom där vi vill vara för oss själva eller med dem vi bjuder in. Långt ifrån storstadspuls, hektiska arbeten, vår oas där vi återhämtar oss. Där kan vi njuta av allt livet har att erbjuda, i stort som i smått.

Omslingrande halvligger vi i soffan. Vilande mot hans bröst med hans ben och armar runt mig. Känner mig avslappnad, trygg och så beskyddad. Inget ont kan nå mig och inget skrämmer mig. Känslan är att han kommer beskydda mig mot allt ont, alla faror med sitt liv som insats.

Finns inte många känslor som slår dessa. Finns inte mycket som kan få mig att känna mig mer älskad, mer kvinnlig och mer trygg än när jag ligger i hans famn. I skenet av stearinljusen och tv som lyser upp rummet, tävlar vi ihop mot deltagarna i frågesportprogrammet som vi tittar på.

Plötsligt fladdrar det till i hallen. I ögonvrån ser jag något ljust, en vitklädd gestalt. På tröskeln in till vardagsrummet står mannen. Jag hade glömt av den avlidne mannen och inte känt hans närvaro på en stund.

Nu både ser och känner jag av honom. Han kan vara i sjuttio års ålder. Han är lång, smal med lite utmärglat ansikte. Hans ansikte vittnar om att han tidigare i sitt liv varit grövre och kraftigare än vid tiden då han avled. Han är inte blond och inte heller är håret vitt och inte svart. Utan brunt och glanslöst, en hårfärg som ger en matt känsla. Uppe på huvudet är det lite hår och det är glest. Han har väldigt intensiva, livfulla och inbjudande ögon. Snälla, vänliga ögon som genomsyrar mycket humor, trots att ögonfärgen är åt det kallare hållet. En svårdefinierad ögonfärg åt det blågrå hållet, eller möjligtvis ljust gröna.

Han står där och tittar på oss, han ler och ser mycket glad ut. Hela hans uttryck och energi talar om att han tycker mycket om oss båda. Vilket gör det väldigt svårt att förstå vem han är. Först trodde jag att det var morfar, min älskade morfar som gick bort alldeles för tidigt. Men något säger mig att det är någon annan. Någon jag inte känner eller har träffat.

Känslan är att han hör ihop eller känner mannen vars famn jag ligger i, mannen jag kallar min kärlek.

Oavsett vem av oss han tillhör, så tycker han om oss båda. Han ser nöjd och glad ut där han står på tröskeln in till vardagsrummet. Han ger mig lugn och trygghet, han väcker inget obehag och hans närvaro är inte av ondo. Jag släpper blicken av den avlidna mannen i hallen och tittar på min kärlek.

Han känner att jag tittar på honom och vänder huvudet från tv och tittar på mig och ler. Av hans leende och blick att döma kan jag konstatera att han inte märkt av mannen i hallen alls. Det gör mig lättad, för nu vill jag bara njuta av oss två, vi som är livs levande.

Föga anade jag då att mitt liv inte skulle bli så långt och att vi inte skulle få uppleva många ljuva år tillsammans.

Vet inte vilken förlust som är den svåraste?

När någon lämnar jordelivet, är det för de flesta av oss så definitivt.

Vi kommer aldrig mer kunna ta, känna, krama och vara fysiskt nära denna människa igen.

Känslan av att inte kunna ringa upp, fråga något så obetydligt och samtidigt så betydelsefullt om hur personen mår och vart den är?

Inte heller fråga om råd eller hjälp, att få dela med oss av vår egen lycka, framtidstro och förhoppningar eller vad som trycker och bekymrar oss.

Många av oss kan på olika sätt känna av, få kontakt, få meddelande eller svar från andra sidan.

Men det räcker inte, det är inte gott nog.

Först när man förlikat sig med, och då acceptansen är ett faktum, att de är borta och förlorade för gott.

Däremot förlusten av en som fortfarande lever, som själv gjort valet att lämna, valt att gå vidare, lämna det man haft tillsammans, kan vara svårare att acceptera.

Då det kanske fortfarande finns tid och möjlighet att göra något åt det?

Kanske personen kan komma tillbaka?

Men till vilket pris?

Kapitel 15

ÄNNU ETT AVSKED. Jag avskyr dessa avsked. Vill inte låta honom gå, vill inte lämna hans famn, hans kramar och pussar. Med vetskapen att det är en del av livet. Att man från tid till annan är ifrån den man älskar. Tittar upp på honom en sista gång. Stryker honom över kinden och säger tyst nästan viskandes.

— Var rädd om dig min kärlek.

Hans svarar genom att dra mig intill sig än en gång och kramar mig hårt samtidigt som han viskar i mitt öra.

— Det samma my love, det samma!

I samma stund som jag tar ett steg bakåt så ler jag tappert. Dels för att han inte skall se att jag tycker att avsked är svårt. Framför allt detta avsked. Någonstans inom mig så känner jag att vi båda två vet om att detta avsked är annorlunda. Det ligger något i luften. Som om han är på väg att försvinna för alltid, men ändå som att han lämnar något kvar. En del av mig är glad att han varit här, och en annan del av mig är glad och unnar honom att få komma iväg på resan. Så han får lite vila och miljöombyte.

Efter allt som varit och efter allt för mycket arbete,

vet jag att det är precis vad han behöver. Men det gör inte min oro mindre, snarare tvärtom. Nu är det bara hon och jag kvar. Det skrämmer mig. Jag litar inte alls på henne.

Vattnet som sköljer över mitt ansikte och min kropp är så varmt och hett att huden blir röd. Tårarna som rinner ner för mina kinder syns inte, utan blandas med vattenstrålarna. Den tomhet jag känner inombords nu när han har åkt känns tung i mitt hjärta. Skulle kunna stått i duschen hela dagen och gråta tills tårarna tagit slut. Samtidigt som jag är glad att jag har ett arbete som väntar. Det är bara att ta sig samman, sätta på sig masken och göra det bästa av dagen.

Stänger av duschen och ställer mig på handduken på golvet. Hör hur någon går i hallen. Mitt hjärta slår dubbla slag, dubbla slag av glädje och kärlek. Han kom tillbaka.

Har han glömt något? Nu hettar inte bara min hud efter den varma duschen nu hettar det i hela min kropp av lycka. Lycka att bara få krama honom en gång till.

Det blir tyst i hallen. Vad gör han? Ska han försöka sig på att skrämma mig? Eller vill han älska en sista gång innan han ger sig av?

— Älskling vad gör du? Har du glömt något?

Jag får inget svar. Hör han mig inte? Jag sveper handduken om mig och går ut mot hallen samtidigt som jag återigen säger.

— Älskling är det du?

Jag kommer ut i hallen men han är inte där. Tanken om han gått in i köket slår jag bort lika fort som den kommer upp. Jag ser klart och tydligt att hans skor inte är där. Han tar alltid av sig skorna, men de står inte på hallmattan och inte på skohyllan. Jag var så säker på att jag hörde någon i hallen.

Har mitt inre spelat mig ett spratt? Vetskap om att han ska vara borta länge. Faktum att jag redan saknar honom. Har jag lurat mig själv att höra steg i hallen utan att någon gått där? Men något inom mig säger att jag har hört någon i hallen. Men kanske inte den jag hoppades på att höra. Kanske det inte var han som kom tillbaka. Kan det varit någon annan som gått i hallen?

Nu försvinner glädjen, lyckan och kärleksruset i ett nafs. Jag känner hur jag blir på min vakt. Drivs först emot köket för att se om någon är där. Där efter sovrummet och vardagsrummet, men det finns ingen. Går tillbaka till hallen och mot ytterdörren.

När jag lägger handen på handtaget så slår hjärtat mycket snabbare och jag har svårt att andas. Jag skulle ljuga om jag inte erkänner hur rädd jag är. Går dörren upp nu när jag trycker ner handtaget kommer hjärtat stanna av rädsla.

Står med handen på ytterdörrens handtag, samlar mod och försöker få hjärtat till att lugna ner sig. Håller andan samtidigt som jag funderar på om dörren fortfarande är låst? Om någon står på andra sidan dörren ute i trappuppgången. Vad möts jag av då på andra sidan om dörren öppnas? Det går kalla kårar utefter ryggen på mig. Jag håller fortfarande andan och trycker långsamt ned handtaget. I samma stund som jag känner att dörren fortfarande är låst kan jag återigen dra ner luft i lungorna, jag återfår färg i ansiktet och kan släppa taget om rädslorna och andas ut.

Skyndar mig på med att göra min makeup och föna mitt hår. Allt för att komma hemifrån så fort som möjligt. För att skingra tankarna och undvika att höra fler fotsteg eller ljud så spelar jag musik på hög volym och sjunger med för full hals. Obehagskänslan avtar mer och mer. Men det är ändå något som säger mig att jag inte är ensam i lägenheten. När jag står klar i hallen och tar min väska och mina nycklar, känner jag en kyla och ser hur något fladdrar till i ögonvrån. Jag vänder mig instinktivt och fort om för att se vad det är. Den syn som möter mig, gör att luften går ur mig totalt, jag släpper allt och sjunker ihop oerhört lättad på hallmattan.

Där står han igen. Den mystiske mannen som kom igår ihop med min kärlek. Nu försvinner all min rädsla och oro. Den mystiske mannen ger mig lugn och trygghet. Han skrämmer mig inte även då jag vet att han är från andra sidan, en man som inte längre är vid liv, en man som är död. Han tittar på mig, hans ögon lyser av värme och kärlek. Han ler med hela ansiktet, och då vet jag att han kommer stanna ett tag. Han kommer att hålla ett vakande öga över mig så länge min kärlek är borta.

Det är alltså han den mystiske mannen som gått i hallen. Han har helt sonika flyttat in, jag har blivit sambo med en mycket transparant man. Som jag är tämligen övertygad om att det bara är jag som kommer kunna känna av och se honom.

Samtidigt som jag reser mig upp från hallgolvet, samlar jag ihop min väska och mina nycklar för att ge mig av till jobbet. Jag tittar ut mot köket och då är han inte där. Han min nya transparanta sambo. Ändå så säger jag högt «Vi ses i eftermiddag, ha en fin dag» jag pratar med min nye osynlige vän.

I bussen, på väg till jobbet, går mina tankar till varför den mystiske mannen, min nya sambo kommit. Vem är han och varför är han kvar? Han måste på något sätt vara förknippad med min kärlek. Jag blir inte klok på hur det hänger ihop men det kommer ge sig för eller senare. Jag gillar honom och känner mig glad över att han stannade.

Men samtidigt säger min intuition mig att det finns en anledning till varför han är kvar. Är det så att jag behöver hans beskydd under en tid? Kommer hon passa på att agera nu när min kärlek är bortrest. Jag måste vara skärpt och på min vakt. Det kan komma att bli riktigt illa, om till och med en man från andra sidan så tydligt visar att han finns där och ser till mig. Jösses vad kommer hon ta sig till?

Att vi aldrig vandrar ensamma vet jag.

Den gången, då jag såg två gestalter, vandrandes längst med strandkanten, men endast ett par fotsteg i sanden.

Bevisade för mig, att det är i de svåraste stunderna, när man känner sig som mest ensam och övergiven, när man är övertygad om att man vandrar helt ensam.

Det är då man inte vandrar alls, för det är då det finns någon där som bär dig fram.

Kapitel 16

HINNER INTE MER än in på jobbet och starta upp datorn förrän det kommer upp en vänförfrågan på Facebook. Nyfiken som jag är så går jag in för att titta vem det är. Personen ifråga känner jag inte alls. Visst händer det att man får förfrågningar från människor man inte känner. Men detta känns med en gång att det inte är något som stämmer. Detta måste jag titta närmare på. Skyndar ut till kaffemaskinen för att först hämta mig en kopp kaffe, för att sedan se till att jag har allt i sin ordning inför dagens första lektion.

Djupt försjunken och med en hett rykandes kopp kaffe, stirrandes på fotona på mannens Facebook sida, hoppar jag högt när min kollega kommer in på mitt kontor.

— Oj förlåt skrämde jag dig?

Jag tittar upp på henne och säger.

— Ja, du skrämde mig. Jag var långt borta i tankarna.

— Förlåt det var inte meningen att skrämma dig. Vad tänkte du på?

Jag ville inte säga att jag var mitt uppe i ett detektivarbete om mannen, som skickat vänförfrågan till mig är, då mina kollegor inte vet om situation. De vet om att det finns en man jag tycker om, en man jag träffar ibland. Men det vet inte vem han är, vart han bor eller vad han arbetar med. De vet inte heller om henne och hennes aktioner gentemot mig. Vad de däremot vet, är att jag ibland kan förutspå saker innan det händer, att jag får information från andra sidan. Och att jag även kan känna av och se människor som inte längre finns ibland oss.

— Jag tänker på min nya sambo. Slänger jag ur mig.

— Vad sa du! Har du blivit sambo?

Jag skrattar till när jag ser hennes förvånande min, ett ansiktsuttryck som är minst sagt lite chockartat.

— Ja visst ser du. Han flyttade in igår kväll. Tyvärr vet jag inte vad han heter och inte hur länge han kommer stanna och trots att han är transparant och diskret så känns det bra att ha honom där.

— Vad är det du säger? Har du blivit sambo med ett spöke?

— Nja spöke och spöke? Låt säga som så här, han lever inte här på jorden på samma sätt som dig och mig. Däremot är han säkert som män i allmänhet. Med andra ord han kommer och går som han vill, och som det passar honom.

— Men jösse vad spännande du får berätta mer under lunchen. Nu ska jag ha lektion. Ses senare!

— Absolut! Jag ska också snart ha lektion, men som sagt vi ses på lunchen.

Hon stänger dörren till mitt rum, jag tittar på klockan och ser att det är en halvtimma kvar innan jag ska påbörja min lektion så jag har några minuter

till på mig med att undersöka den nya vän-förfrågan
jag fått.

Personen ifråga som skickat vänförfrågan är en man.
En man boende i USA. Han har några foton på sin
tidslinje. Det är något som säger mig att jag ska stu-
dera fotona. Det finns något där i som kan ge mig svar
på vem personen är. Personen som vill bli min vän.

Min första känsla och intuition om att något inte
stämmer visar sig omgående. Denna man har inte en
enda vän. Han ser ut att vara helt ny på Facebook.
Naturligtvis kommer någon bli ens första vän. Men
att en man som till synes ska bo i USA, hittar just
mig som den första vännen är lika osannolikt som att
jag skulle acceptera en vänförfrågan från en person
jag inte känner eller har några som helst band till.
Det är helt klart och tydligt att det är något som inte
stämmer.

Någon vän måste väl den stackaren ha innan han
hittar mig av alla dessa miljontals människor som
finns på Facebook. Jag vet med en gång att det är hon.
Hon har själv skapat en Facebook-profil och skickat
en vänförfrågan till mig, i hopp om att jag ska tacka
ja. Så att hon kan komma åt, läsa och se vad jag lägger
ut på Facebook.

Irritationen stiger inom mig. Tror hon på fullaste
allvar att jag är så korkad att jag går på detta? Att jag
bara tackar ja till förfrågningar från människor jag
känner, kan hon dock inte veta. Men att jag inte skulle
förstå att det är något skumt när personen i frågan
inte har en enda vän sedan tidigare. Och ingen som
helst anknytning till mig eller det jag är intresserad

av, det gör mig riktigt förbannad. Hon underskattar helt och hållet min intelligens.

Att hon sedan tror att hon kommer hitta foton på mig och honom, incheckningar på platser vi varit eller att jag skulle ha skrivit eller nämnt honom är befängt.

Tittar på klockan, ser att jag måste plocka ihop mina saker för att gå och påbörja dagens första lektion. På väg mot klassrummet känner jag mig glad och tacksam över att jag följer min känsla, min intuition.

Att jag inte gör något eller agerar förrän jag vet hur eller vad som driver mig att göra det. Men jag känner också ett uns oro över att hon, på alla sätt försöker komma åt information om oss. Något säger mig att det kommer mera, att hon kommer försöka allt, nu när han ska vara borta.

Mina obehagskänslor skingras när jag ser mina elever, de fyller mig med glädje och energi. Jag konstaterar som så många gånger förut att jag har världens bästa arbete.

Som om det inte vore nog, så kan jag också konstatera att jag har världens bästa vänner. En av de allra bästa ska jag träffa efter jobbet idag, hon är den enda som vet om situationen. Hon var med när vi träffades. Det var genom henne eller tack vare henne som vi träffades. Med henne kan jag prata om precis allt. Kan knappt bärga mig tills jag får berätta om min nya transparanta sambo och om vänförfrågan jag fått.

Jag må se snäll och till och med mindre begåvad ut. För att jag inte ger dig det du vill ha.

För att jag inte går in i din ilska eller ditt fula spel, så innebär det inte att jag är dum och att jag inte har en klar bild över vad som sker.

För att jag väljer att se förbi och ha överseende med dina aktioner.

Att jag kan ställa mig över ageranden, påhitt och lögner och låta dig tro att jag inte uppmärksammat det.

Eller kanske är det just det du ska göra.

Underskatta mig och min intelligens.

Att slå i underläge när någon minst anar är ofta ett vinnande koncept.

Så fortsätt att ha din bild av mig.

Fortsätt kritisera och ogilla mig.

Du förtjänar inte att veta vem jag verkligen är.

Kapitel 17

DET STICKER OCH surrar i båda fötterna. Instinktivt försöker jag röra på tårna. Varför händer inget? Varför lättar eller avtar inte surrandet? Slår upp ögonen och tittar på mina tår. Hur mycket jag än försöker så kan jag inte se eller känna ens den minsta lilla rörelse. Att inte kunna häva surrandet väcker frustration hos det flesta. Även hos mig.

Plötsligt slår det mig. Det är fantastiskt att det surrar. Det är första gången jag känner av något, känner någon aktivitet i kroppen på flera timmar kanske till och med dagar? Fram tills nu har bara tanken och andningen fungerat. Har inte riktigt längre koll på hur länge jag har legat här. Oförmögen att kunna röra mig. De få och korta stunder jag varit vaken och haft tanken i behåll. Så är den enda jag haft kontakt med, mig själv.

Nu har jag inte bara kontakt med mig själv och mina tankar, nu har jag till och med lite känsel. Detta kan vara något riktigt positivt. Har hon kanske inte lyckats ge mig tillräckligt mycket gift för att jag ska somna in för alltid? Hon hade kanske räknat med att jag skulle äta mer mat än jag gjorde? Nu känner jag ett hopp, ett hopp som växer sig starkare och starkare. Kanske är det just detta jag behöver för att vinna över döden? Om jag hade ätit en normal portion mat så hade jag med största sannolikhet somnat in och aldrig vaknat igen. Ja, så hade hon säkert planerat det.

Om det är sant att vissa människor under operationer varit vid medvetande, men inte kunnat förmedla sig, när det gått fel med narkosen. Så måste detta jag upplever, när jag ligger här, vara något liknande.

Vaknar till ibland, men kan inte röra mig, inte förmedla mig men nu börjar jag åtminstone känna små stickningar och ett surrande i mina fötter. Känner hur jag återfår min mentala styrka, min envishet och vilja. Viljan att leva. Viljan att trotsa henne och hennes önskan. Men också viljan att trotsa döden för denna gång.

Kommer nu till och med ihåg var jag var senast i tanken. Detta är ett under. Är det så att till och med tankarna börjar klarna? Att jag inte längre åker fram och tillbaka mellan allt som hänt de sista åren. Utan faktiskt kan börja sortera det? De senaste tankarna var att hon hade skickat den fejkade vän-förfrågan på Facebook. Utgett sig för att vara en man från USA. Jag ser det hur klart som helst framför mig. Om hur jag satt på jobbet och lekte detektiv. Hur jag efter arbetet skulle träffa min bästa väninna. Och framför allt att jag berättat för min ena kollega om min nya beskyddare och sambo. Jag ler och blir varm när jag tänker på min beskyddare och dåvarande transparanta sambo. Hur han stannade hos mig under flera veckors tid, hela den tiden som min kärlek var bortrest.

Undra om det hade varit värre, och att jag hade känt av hennes galenskap ännu mer, om han inte hade varit där under tiden? Hade hon kanske försökt ta mitt liv redan då?

Känner mig som en vinnare. Kommer jag kunna besegra hennes önskan och vilja? Nu ler jag inte bara, nu skrattar jag. Tävlingsmänniskan inom mig väcks till liv på riktigt. Känner hur nöjd jag är inombords, trots att jag ligger och fortfarande inte kan röra mig.

Att hon underskattade min intelligens må så vara, men att hon även underskattat min vilja och målmedvetenhet är ett av hennes största misstag. Om jag någonsin inte längre har lust att vara gymnasielärare mer, så kan jag sadla om till detektiv konstaterar jag belåtet.

Den eftermiddagen som jag hade varit och fikat med min bästa väninna och berättat för henne om vän-förfrågan från den fejkade Facebook-profilen. Samma kväll när jag kom hem så hittade jag mycket riktigt svar på det jag sökte. Svar som gav mig ett kvitto på att jag haft rätt från första stund och att min intuition sällan sviker mig.

Hon hade inte gjort detta på egen hand, hon hade allierat sig med en av sina bekanta. Minns känslan när jag satt uppkrupen i soffan med datorn i knät. Det blev jackpot redan på första försöket. Letade upp henne på Facebook. Hon hade inte låst sin sida helt och hållet. Det första jag drogs till vara att bläddra igenom hennes vänner. Sakta rullade jag i hennes vänskapslista och tittade noga på fotona. Jag fastnade för en av hennes kvinnliga vänner. Det var något bekant med henne.

Jag studerade fotot av kvinnan jag drogs till, länge
och väl, varje drag av hennes ansikte. Därefter gick
jag tillbaka till förfrågan från mannen i USA på Face-
book. Bingo! Där på flera av fotona var kvinnan med.
Kvinnan som jag hade hittat på hennes egna privata
Facebook-sida. Så hon var inte smartare än så här?
Om hon och hennes allierade ändå ska göra en fejkad
profil, för hur det än är, så har de åtminstone engage-
rat sig och funderat.

Nu ler jag igen och måste ändå ge dem båda en eloge
för den kreativiteten och för ett gott försök. Men var-
för i hela fridens namn såg de inte till att personen
ifråga hade några vänner innan de skickade förfrågan
till mig?

Så desperat efter att komma åt min Facebook kan
hon ändå inte vara? Hennes små som stora aktioner
har hon hållit på med i flera månader nu. Är det så
att hennes tålamod börjar tryta eller rent av ta slut?

Till hennes förtret svarade jag aldrig ja på vänför-
frågan. Det tog inte många dagar förrän mannen
från USA, alias hon, började skriva meddelanden till
mig. När jag tänker tillbaka så vet jag att det roade
mig.

Mannen från USA (hon) skrev;
Hej, vad trevligt att jag hittade dig här.

Jag svarade:
Tack. Jag är ledsen men kommer inte ihåg vart
vi träffats?

Mannen (hon) skriver:
Tror inte vi har träffats. Jag söker ärliga och engagerade vänner.
För förståelse och vänskap.
Och jag såg direkt att du är en kvinna att lita på.

Nu när jag tänker på det så ler jag inte bara, jag skrattar högt. Det hon skrev är riktigt komiskt. Hon skriver allt det hon verkligen inte tycker om mig. Hon har i och för sig rätt i det mest hon skriver. Även om jag är ärlig, engagerad, en kvinna med förståelse och en kvinna att lita på.

Men sannolikheten att hon tycker det om mig, är minimal. Hon har under månader anklagat mig för att stjäla hennes man, för att ha en relation med honom. Hon har skickat meddelande med hot, hon har ringt, hon har förföljt mig, hon har bl.a. förstört mitt lås till lägenheten, repat och gjort sönder min bil.

Till råga på allt har hon gjort sina hot om att jag ska dö verkliga, genom att förgifta mig. Nu när jag summerar delar av vad hon har gjort, vet jag inte om jag blir mest ledsen och förbannad på mig själv? Över mitt val att inte bemöta allt hon gjort. Att jag valt tystheten med inställningen att det inte hade spelat någon roll vad jag haft att säga till mitt försvar.

Hon hade inte trott på det ändå. Eller det faktum att hon så till den höga grad totalt har underskattat min intelligens.

Känner mer och mer hur det bubblar inom mig, hur jag blir argare och argare. Tänk om det är så att jag inte kommer klara detta? Tänk om jag kommer att dö?

Inte nog med att jag bara handlat och agerat i all väl-
mening. Försökt att inte göra det större eller obehag-
ligare än det redan är, för någon av oss inblandade.
Utan dessvärre kommer jag, i hennes ögon, dö som
en ointelligent kvinna. Stereotypen av en dum blon-
din. Med de blonda lockarna, den fylliga bysten, den
plutiga munnen och de aningen runda ögonen som
hjälper till att förstärka det.

Om jag ändå ska bli besegrad av någon, och gå hä-
dan, så hade jag åtminstone önskat mig ett starkare
motstånd från henne.

Att hon skulle varit smartare och mer slipad.

Det slår mig att även jag har underskattat henne.
Hon har i mina ögon varit korkad och jag har inte
riktigt tagit henne på allvar. Inte sett henne som en
farlig motståndare. Jag kommer alltså att dö? Bese-
grad av ett våp.

Det går upp för mig att jag kanske överskattat mig
själv, kanske är jag inte så intelligent som jag vill tro.
Vem av oss två är egentligen mest korkad?

Tro, hopp och kärlek och störst av dem är kärleken.
I sanningens namn måste det vara som så, att det som stun-
den och situationen kräver, är det som är störst?
Just nu är det framförallt hoppet.
Hoppet om att klara detta, hoppet om att känseln i kroppen
är på väg tillbaka.
Att tankarna börjar klarna mer och mer.
Så först var hoppet störst.
Därefter tar tron vid.
Då är det tron som är störst.
Tron att jag kommer klara det, kommer besegra både döden
och henne.
Sedan kommer kärleken.
Kärleken till livet, till mig själv, till mina nära och kära och
kärleken till honom.
Kanske det är sant, när allt kommer kring så är kärleken
ändå störst?

Kapitel 18

ALLTING HAR ETT slut. Det lilla hopp som föddes inom mig när jag kände stickningar i fötterna varade inte länge. Det hoppet dog lika fort som stickningarna försvann.

Det sägs att när en människa är på väg att lämna jordelivet, på väg att dö, kan man se tillfreds, lycklig och yngre ut. När det började surra och sticka i mina fötter, så såg jag säkert glad, hoppfull och tillfreds ut. Kan det vara som så, att jag är i livets slutskede nu?

Känner ingen av mina närmsta, mina nära och kära av mig, att jag behöver hjälp? Varför kommer ingen? Han, min kärlek, har kvar nycklarna hit. Mina föräldrar har även de nycklar hit.

Mina älskade föräldrar. Nu rinner tårarna igen. Nu ser jag framför mig vilka jag kommer att få lämna. Även om jag kan följa dem och vaka över dem när jag är död och borta, så kommer vi inte kunna kramas. Inte sitta och prata och skratta tillsammans. Det gör så ont i mitt bröst, nu när jag tänker på mina föräldrar.

Föräldrar ska inte behöva överleva sina barn. Mina föräldrar kommer nog dessvärre få gå igenom detta.

Jag är bara fyrtiosex år gammal, en kvinna mitt i livet. Men känner mig som en liten flicka. En rädd liten flicka som bara vill ha sin mamma och pappa. Den mamman och pappan som alltid funnits där. Som alltid kommit till undsättning, som alltid ställt upp. Vad är de nu?

Nu när jag behöver dem mer än någonsin. Kommer någon av dessa tre. Min stora kärlek. Min mamma eller min pappa att känna av mig. Känna på sig att något är fel. Har de försökt nå mig men inte lyckats? Kommer deras inre röst och intuition föra dem hit hem till mig. I tid?

Eller kommer han den mystiske mannen, min transparanta vän och före detta sambo? Det var längesedan han var här. Har saknat honom emellanåt, nu saknar jag honom verkligen. En dag efter det att min stora kärlek kommit hem igen, efter den längre resan, var han den mystiske mannen bara borta. Han försvann lika fort och plötsligt som han flyttade in.

Efter att han försvunnit var mina känslor blandade, något inom mig saknade honom. Hans närvaro gav mig ett lugn. Ett lugn jag behövde då. Men att han försvann var också en lättnad, då min känsla sa mig att hon inte längre var ett sådant hot.

Han höll sig borta i några månader den där gången. Sedan en tidig vårdag, på en lördagseftermiddag så återvände han.

Minns så väl den kvällen. Min ena bonusdotter var och hälsade på. Vi satt i samma soffa som jag nu ligger i. Då var rummet varmt och inbjudande. På vardagsrumsbordet stod en härlig stor bricka med väl utvalda ostar, både mjuka och hårda ostar.

Där fanns också fem sorters kex, vindruvor, päron och melon. Till detta drack jag ett gott italienskt vin, som var kryddigt, strävt och med fatkaraktär. Hela lägenheten kändes varm och hemtrevlig där vi satt under var sin filt i soffan och i alla ljusstakar brann tända ljus.

Vi satt försjunkna i en film och när den var som mest spännande, vänder sig min bonusdotter och tittar på mig med ett ansiktsuttryck jag sent ska komma att glömma. Och med en ton i rösten som etsats sig fast utbrister hon från ingenstans.

— Det står en man i hallen.

Hon hade uppmärksammat honom före mig. Jag finner mig fort och frågar lugnt.

— Skrämmer han dig?

— Nej.

Jag vet att mannen hon ser är den mystiska mannen. Mannen som tidigare varit här. Mannen som kom första gången med min stora kärlek. Och nu förstår jag även vem han är. Jag tittar på min bonusdotter och hon verkar lugn. Bestämmer mig för att fråga henne om honom, prata om honom som det vore det mest naturliga i världen.

— Är den en man du känner igen? Hur gammal är han tror du?

— Nej jag känner inte igen honom. Han är gammal.

För en ung tjej på tjugo år, kan en gammal man vara från fyrtio och uppåt. Jag fortsätter att fråga henne. Vill också försäkra mig om att vi ser samma man, så det inte är fler från andra sidan på besök.

— Hur gammal ungefär?

— Ja, runt sjuttioårsåldern.

Det kan stämma. Han har varit här förut säger jag.

— Vad ger han dig för känslor? Är det behagliga eller obehagliga? Tillhör han någon av dina släktingar?

— Nej, han tillhör inte någon av mina släktingar, det känns inte så. På det sättet känns han inte alls bekant. Jag känner inget direkt, och är inte rädd.

— Bra, han är inte farlig.

Känner mig oerhört lättad att hon inte är rädd för honom. Hon tar det bra. Med tanke på att hon varken har sin mor eller far kvar i livet. De gick bort för några år sedan. Denna upplevelse hade kunnat vara betydligt svårare för henne och väckt massor av känslor, tankar och funderingar. Jag kramar henne och säger.

— Han är bara här och tittar till oss, nu när han vet att vi mår bra så kommer han försvinna igen.

Vi fortsätter att titta på filmen. En film som egentligen intresserar mig. En film som min bonusdotter älskar, och har sett hur många gånger som helst. Den handlar om livet i början av 1900 talet. Om hur den rika, societeten roade sig, det är en film med fina frisyrer, spännande makeup och roliga kläder.

Trots att jag älskar kostymfilmer, filmer som visar en svunnen tid och vår historia så kan jag inte längre koncentrera mig på den. Kan inte sluta att fundera på varför han kom tillbaka idag? Är det för att hon är i farten igen? Eller är det för att min stora kärlek ringde tidigare idag och frågade om han fick hit komma?

De två viktigaste människorna i mitt liv är en man och en kvinna.

En man som skulle göra vad som helst och förlora allt, för att få se mig vinna. Min far.

En kvinna som aldrig lämnat mig, som varit delaktig och känt med mig i varje smärta och sorg. Min mor.

Finns inga ord, inga handlingar, gester eller ömhetsbetygelser som kan göra den kärlek, den tacksamhet och den förtröstan, rättvis om vad dessa två människor betyder för mig. Skulle ge mitt allt för dem båda.

Kapitel 19

Att ALLA SVAR kommer förr eller senare. Är det något jag lärt mig genom livet, är det just det. Om något är viktigt om det är något jag verkligen behöver veta, så kommer jag få svaren förr eller senare. Utan att ställa frågor, utan att ställa folk till svars.

Med tålamod, tillit och medvetenhet får vi svaren, när vi är mogna att ta emot dem. Eller när den som ger oss svaren är mogna att dela med sig av dem. Ibland krävs det en ängels tålamod att vänta ut svaren, att förstå vad meningen är, med saker som händer i livet. För visst är det väl så att varje litet skeende som har hänt i ens liv, är en förberedelse för ett framtida ögonblick som komma skall?

Ett ögonblick som jag trodde jag skulle få uppleva i ett vaket och aktivt tillstånd. Inte så här liggandes orörlig, rädd, ensam och ledsen i min soffa. Jag sluter ögonen ännu en gång. Ögonen som är min själs spegel. Är det något som mina ögon speglat så är det min insida, min själ och min sinnesstämning.

Ögon som varit livfulla, sprudlande, leende och glittrade. Lika mycket liv, lika skimrande och vackra, som den vackraste jadegröna sten.

Nu är det med största sannolikhet glanslösa, matta av oro och rädsla eller helt tomma. Jag har inte blundat många sekunder förrän tankarna börjar bli svåra att hålla ordning på. De börjar flyta samman och jag kan inte hålla mig kvar i min verklighet. Ännu en gång vandrar jag iväg i tanken till ett av våra möten, våra stunder. Som varit heliga för mig.

Äntligen helg igen, denna helg är något utöver det vanliga. Idag kommer han, och det var länge sedan vi sågs. Stunderna tillsammans är så värdefulla, fyllda av magi, dyrbarare än något annat. Visst kan jag inte förneka att jag önskar att dessa stunder var oftare.

Å andra sidan, det jag får uppleva under dessa stunder är större och starkare än vad de flesta människor kan ana. Upplevelser, erfarenheter och kärlek jag aldrig skulle vilja vara utan. Att få ta del av, om än, en liten del av kakan. Få känna, smaka och dofta på kärlekens sötma, är en gåva, en av de största gåvor livet har att erbjuda.

Är det något jag föredrar inom alla områden i livet så är det kvalitét framför kvantitet. En lite del av honom är långt mycket större och bättre än ingen del alls.

Min soffa är väl använd. En soffa som fätt klara många timmar av belastning. En soffa som vi suttit, legat, lekt, myst och älskat i. Nu sitter vi här igen, med känslan om ett gammalt strävsamt par, som känt varandra länge, och gått igenom både regn, storm och solsken. En man och en kvinna som är nöjda med sitt liv och med varandra.

Vi sitter nära varandra och bara njuter av varandras närhet, njuter av tystheten och av att bara vara hemma och inte göra något alls. När vi är tillsammans och har varandra, känns det som vi har allt vi behöver.

Trots att vi inte känt varandra så länge, trots att det egentligen är få gånger vi träffats och det faktum att vi inte lovat varandra någonting alls. Vi har en relation till varandra men vi är inte i ett förhållande med varandra. På ett sätt känns det udda, annorlunda och konstigt. Å andra sidan är det kanske så här det ska kännas. Det är kanske så att vi är dem som har allt?

Känner hans hand smeka min kind, ömt och sakta. En hand som följer min käklinje ner över min hals, lekandes över mitt ena nyckelben. Min blick följer nu hans hand. Att se hans fingrar som vant och lätt öppnar en knapp i min blus, så mina bröst blir synliga.

Det gör mig het och förväntansfull. Hans hand fortsätter in under skjortan och kupar sig runt mitt ena bröst. Hans andra hand tar stöd under min haka, försiktigt för han sin hand uppåt, för att jag ska vänd upp min blick mot honom, så våra ögon möts, och jag kan se den lekfullhet som hans ögon speglar.

Han kysser mig lätt på kinden. Med hes, mörk, manlig och förförisk röst viskar han i mitt öra.

— Du är kvinnlig, sexig och du vet om det.

Jag blir helt knäsvag och det pirrar i hela min kropp. Är det något jag älskar att höra och vara så är det kvinnlig och sexig. Och det är exakt vad han får mig att känna om mig själv.

— Du gör mig kvinnlig och du får mig att känna mig sexig.

— Vet att jag sagt det förut. Du är helt i en klass för dig själv. Ingen annan kvinna och då menar jag ingen, kan konkurrera med dig älskling. Du är i världsklass!

Jag skrattar till, vänder mig mot honom och pussar honom.

— Ja du säger det. Och jag blir lika glad varje gång. Du kan konsten att få mig att blomma. Det är en av alla anledningar till att jag älskar dig så.

— Tror du på ett liv efter döden?

— Va?! Vad sa du? Jag fullkomligt spottade ur mig orden.

— Ja, tror du på ett liv efter döden? På att vissa människor är mediala?

Jag kan knappt tro det jag hör. Snacka om tvära kast på alla sätt och vis. Från att i ord och handling fått mig att känna mig som den enda kvinnan i världen. Fått mitt bloda att rusa, min hud att hetta och att fullkomligt ge mig hän till honom. Så slänger han ur sig dessa ord?

— Varför frågar du detta? Du tror väl inte på sådant? Nej det vill jag inte prata om, säger jag i en enda lång mening utan att dra in ny luft i lungorna.

— Nej det gör jag väl inte. Och vet inte själv varför jag frågade frågan. Men jag vill veta hur du tänker och ser på det.

— Jag vill inte prata om det. Vet inte hur jag ska slingra mig ur situationen. Kan han känna av någon närvaro från andra sidan fast han inte är medveten om det? Jag sitter tyst och inte ett ord kommer över mina läppar. Kommer jag att krypa till korset? Kommer jag att berätta om den äldre avlidna mannen han hade med sig hit för några månader sedan.

— Ja, men säg nu. Vad tror du och vad tänker du om ett liv efter döden?

Han ger sig inte. Har Brynolf och Ljung som vi nyss suttit och tittat på, på tv väckt dessa funderingar hos honom? Att han är intresserad av att se deras trolleri och illusioner har jag förstått. Och att försöka komma på hur de bär sig åt.

För de har vi ägnat en stund åt att titta på och försöka lista ut hur de gör. Men väcker deras trick och illusioner tankar hos honom som har med det mediala och med ett liv efter döden att göra? Jag får inte ihop det alls.

— Jag vill egentligen inte prata om det. För om jag skulle berätta det jag tror på och varit med om, skulle du inte tro att jag är klok.

— Vanligtvis så skulle jag nog inte det. Men jag vet att du är klok. Mycket klok också. Och jag vill gärna höra vad du har att säga. Är det någon som skulle kunna få mig att tro på det, så är det du.

Så typiskt. Han vet alltid vad han ska säga. Han har den förmågan att säga det rätta sakerna, förmågan att få mig att prata om sådant jag egentligen inte vill prata om.

Hur bär han sig åt? Och han säger det på ett sådant sätt att det känns sant och uppriktigt menat, som det kommer direkt från hjärtat. Kanske han faktiskt tycker att jag är en klok kvinna?

Hur ska jag berätta att jag kan känna av, se och har påhälsning av människor som har avlidit? Av de från andra sidan. Jag kommer kanske skrämma skiten ur honom? Klarar han att höra detta, att han tål mycket när det kommer till mig det vet jag, han har verkligen klarat sig med beröm godkänd.

Med allt jag sagt och skrivit till honom, så går han inte av för hackor. Han har inte lagt bena på ryggen och sprungit innan. Men berättar jag om detta så lär han väl göra det nu.

Genom att berätta det kommer jag indirekt förstärka, förhoppningsvis inte hans tankar om mig, men åtminstone hennes idé och fulla övertygelse om att jag är en häxa. Som inte bara förhäxat honom utan även en häxa som tror på evigt liv och har kontakt med det döda. Tänk vad hon önskar att hon kunde bränna mig på bål.

Hade vi levt för några hundra år sedan är det vad hon hade gjort. Men vad kommer han att göra och tro när jag berättar? Kanske det blir sista gången han är här. Vågar han komma tillbaka?

— Älskling! Kom igen nu. Berätta.

Allt har en mening. Det är nog meningen att detta ska upp på bordet. Något ska det leda till. Låt det komma, det som komma skall.

— Okej! Ja jag tror på ett liv efter döden. Jag tror vi lever många olika liv. Tror dessutom att själen är evig.

Korta och koncisa svar från mig hör inte till vanligheterna. Hoppas innerligt att han nöjer sig med dessa.

— Oj. Det var kort och koncist. Utveckla det.

Jösse, kan han läsa mina tankar? Han ger sig verkligen inte.

— Håll i dig. Är du beredd att höra det jag har att säga?

— Ja.

— Ända sedan jag var liten har jag kunnat se och förnimma saker som kommer hända och människor som inte längre lever. Men detta är något jag försöker undvika så mycket jag kan. Du vet den gången du var här, dagarna innan du sist åkte på semester.

Du hade precis ringt och sagt att du var på väg, och när jag satt och väntade på dig, då fick jag till mig att du kom i sällskap av en man. Det kändes så verkligt. När jag öppnade dörren och såg dig, sökte jag med blicken efter en annan man också. Jag var på väg att fråga dig vad han var.

Han sitter helt tyst och förstummad, bara väntar på att jag ska berätta mer.

— Fortsätt.

Fortsätt är det enda han får fram. Han ser ut som en liten pojk som med skräckblandad förtjusning är trollbunden av en saga.

— Som tur var hann jag sansa mig och inte fråga dig. Senare den kvällen när vi satt i soffan såg jag en man i hallen. Det var den mannen jag känt av när du kom. Han kom i sällskap med dig.

— Berätta mer. Hur såg han ut. Vem är han?

— Han ser ut att var i sjuttio års ålder. Han är lång och smal och med ett ansikte som är utmärglat och han ser tärd ut. Hela hans gestalt talar för att han tidigare i livet, var grövre och kraftigare än, vad jag tror han var när han avled. Han ser trött ut, både hans hår och hans hy är glanslöst och matt.

Han är tunnhårig och håret är svårt att definiera som färg, uppe på huvudet är det lite hår och det är glest. Han har däremot väldigt livfulla, busiga och inbjudande ögon. Snälla, vänliga ögon som genomsyrar mycket humor. Ögonfärgen drar åt det kallare hållet. Och de är mer ljust blågrå eller möjligtvis ljust gröna.

Han stod där i hallen och tittade på oss. När han log såg han mycket glad ut och hela han lyste upp och hans matta glanslösa uttryck försvann. Han ingav en känsla av trygghet, av humor och kärlek. Hela hans uttryck och energier talade om att han tyckte mycket om oss båda.

Jag tystnar och inser att allt bara rann ur mig. Nu var det sagt, det jag hade hoppats att jag aldrig skulle behöva berätta för honom. Jag möter hans blick. Känner mig lite orolig och ängslig för vad han ska säga och vad han ska tycka om det han just hört.

Jag känner hur mitt hjärta ökar, min enda önskan är att han ska säga något. Vad som helst. Bara inte denna tystnad.

— Älskling säg något. Är de enda ord jag får fram.

— Jag vet inte vad jag ska säga. Jag är nog lite chockad. Du har precis beskrivit min far för mig.

Hans far? Hans far var död, det visste jag. Jag hade aldrig träffat eller sett honom.

— Jag har haft svårt att avgöra om mannen som var här tillhörde dig eller mig. Känslan att han tillhörde någon av oss har jag haft hela tiden. Om jag och din far hade träffats, tror du då att vi hade tyckt om varandra? Hade vi kommit bra överens tror du?

— Oj, ja absolut. Han hade tyckt väldigt mycket om dig. Och du hade tyckt om honom, det är jag helt övertygad om. Ni två hade haft mycket roligt tillsammans.

Skönt. Han pratar. Det verkar som han tar det bra.

— Då är det nog din far som varit min inneboende. Han kom med dig och stannade fram tills du kom tillbaka från din semester. Det kändes bra att ha honom här. Jag är helt övertygad om att vi hade tyckt mycket om varandra, det är den känslan och energi han ger mig. Tråkigt att vi inte fick träffas när han var i livet.

— Vänta, vad sa du nu? Var han här under de dryga fyra veckor jag var bortrest?

— Ja han kom med dig, den eftermiddagen och stannade i närmare fem veckor. Jag berättade på jobbet att jag hade blivit sambo.

— Så farsan har alltså bott här? Utan att göra rätt för sig?

Nu skrattar vi båda två.

— Nja, rätt för sig? Det kanske han gjorde på sitt eget lilla sätt. Till saken hör att han har varit tillbaka efter det.

— Vad säger du? Kommer han och går som han vill?

— Ja det kan man säga. Men han är alltid välkommen. Senast han var här så var det inte jag som märkte av honom. Kommer du ihåg för några månader sedan, när du eventuellt skulle kommit en lördags kväll. Den kvällen då min bonusdotter var här?

— Ja det kommer jag ihåg.

— Den kvällen kom han förbi och presenterade sig för min bonusdotter.

— Har även hon sett honom?

— Ja. Vi satt i soffan och tittade på film. Och plötsligt säger hon att det står en man i hallen. Hon beskrev honom som jag sett honom tidigare. Det var då jag anade att han tillhörde dig på något sätt. I och med att du eventuellt skulle kommit.

— Jag vet inte vad jag ska säga? Är han här nu?

— Nej, det är inget jag märker av. Men om jag gör det så säger jag till.

Som sagt, man får svar på allt förr eller senare. Nu visste jag vem den mystiske mannen, min transparanta sambo, var. Det var min stora kärleks, far. Ja man kan inte annat än att säga att jag håller mig inom familjen. Om ordspråket stämmer «Sådan far sådan son» så vet jag varför jag känt mig trygg och omtyckt när han varit här hos mig.

*Det kunde slutat i katastrof men jag var tvungen att ta
chansen.*
Han förnekade inte det jag berättat och upplevt.
Han förnekar inte mig och inte heller sig själv.
*Att vara öppen och mottaglig för sådant som är främmande
och inte går att bevisa, är att anamma livet i sig.*
Det är att leva maximalt.

Kapitel 20

VAKNAR TILL MED ett ryck, med känslan att jag ramlar ur sängen. Men inser jag att jag kommer ingenstans, kan inte röra mig, ligger som fastlåst i hans trygga famn. Jag drar en lättnandes suck. Han är kvar. Efter vårt samtal igår, om att hans avlidna far är här och gör mig sällskap ibland, så var jag rädd att han inte ens skulle stanna över natten.

Jag slingrar mig ur hans grepp för att gå på toaletten. Ser på mobilen att klockan inte är så mycket. Det är söndag och det finns ingen anledning att gå upp så här tidigt. Går till köket och dricker ett glas vatten samtidigt som jag tittar ut.

Det har börjat ljusna, men det är helt tomt och öde utanför fönstret. På något konstigt sätt känner jag mig lika öde och tom inuti. Det jag ser genom fönstret speglar min sinnesstämning.
Usch, jag fylls av olust och obehag.

Skyndar mig tillbaka till sovrummet och kryper ner i sängen. Lägger mig med ryggen mot hans bröst. I hopp om att inte väcka honom när jag lägger mig tillrätta i hans trygga varma famn.

— God morgon älskling.

— God morgon. Förlåt om jag väckte dig.

Han drar mig närmare intill sig, håller om mig med både armar och ben.

— Du behöver inte be om ursäkt, finns inget bättre än att få vakna bredvid dig.

Jag blir alldeles varm av hans ord. Kramar och pussar honom lätt på hans muskellösa överarm som så tryggt och starkt håller mig i ett fast grepp. Ett grepp som om han vore rädd att jag ska springa iväg. Jag hinner inte få fram ett ord innan han börjar prata igen.

— Är vi ensamma? Vi har möjligtvis inte besök från andra sidan? Farsan är inte och hälsar på? Inget annat du känner av?

Frågorna fullkomligt strömmar ur honom. Jag känner hans hjärtas längtan. Han längtar verkligen efter sin far. Undra om de hade något de inte hade pratat klart om eller rett ut, när han gick bort. Jag vill inte fråga. Även det kommer jag en dag få svar på, om det är viktigt för mig att veta.

— Nej älskling han är inte här. Det enda jag fick till mig igår kväll, när jag berättade om det, var ett mansnamn.

— Jaha. Vad är det för namn?

När jag säger namnet vänder han runt mig. Tittar mig djupt i ögonen håller ett fast grepp om mina axlar och utbrister.

— Det kan inte vara möjligt! Är det sant?

— Jo. Varför skulle det inte vara möjligt eller sant?

— Det är ett av min fars namn, det hade han som tredjenamn.

Jag ryser till. Inte av obehag men inte heller av väl-
lust. Namnet jag fått till mig är det finaste mansnamn
jag vet. Hade jag fått en son hade han fått det namn
som tilltalsnamn.

Allt känns så konstigt. Det finns inga ord. Vi bara
ligger där och håller om varandra.

I timmar. Vi har delat mycket. Han vet saker om
mig som ingen annan vet, eller någonsin kommer få
veta. Jag vet saker om honom som jag aldrig kommer
nämna. Vi vet saker om varandra som skulle kunna
skapa löpsedlar och det kom ut.

Vi vet båda två att mina hemligheter är i tryggt för-
var hos honom och att jag kommer ta med mig hans
hemligheter i graven. Nu har vi även fått dela hans
far. Min kärlek fick växa upp med honom, fick älska
och bli älskad av honom. Och jag får ha honom som
beskydd och trygghet, nu efter att han gått bort och
gått över till andra sidan.

Detta som vi delar nu låter helt galet. Även detta får
förbli vår lilla hemlighet.

Luften förvandlades till en tung, tjock, tät, tryckande
dimma, med känsla av att man måste skära sig ige-
nom med kniv.

Ännu en gång, återigen står han i hallen redo att
åka. Jag bara vet att detta avsked är något helt annat
än tidigare. Undra om inte han också vet det? Han ut-
strålar något helt annat än han brukar. En sorgsenhet
som jag aldrig tidigare har sett.

Han, min kärlek. Så lång, så ståtlig, så levande,
så stark, så kommunikativ, så rak, så lekfull, så hu-

moristisk, så varm, så kärleksfull och så vansinnigt manlig.

Där han står på hallmattan med ytterkläderna på, redo att ge sig iväg så finns inget av allt det han är, kvar. Han ser gråare ut, han ser mindre ut och framför allt han ser ut som han är på väg att ramla ihop. Jag fylls av fullständig panik.

Är han sjuk? Är det något han inte har berättat för mig? Eller är allt detta med hans far för mycket för honom? Allt är som en mardröm. Jag vill bara vakna och inse att jag drömt. Detta får inte hända. Det som håller på att ske är inte alls bra, säger mig min intuition. Och jag kan inte göra något åt det. Jag är inte Gud, jag kan inte bestämma över liv och död. För det är precis så det känns. Det är på liv och död.

Han sträcker ut sin hand och jag fattar den. När han drar mig intill sig så kämpar jag med att hålla undan tårarna. Jag vilar min panna mot hans bröst och orkar inte möta hans blick. Kramar honom hårt med känslan att jag aldrig vill släppa taget. För om jag gör det så är det för alltid. Då är han förlorad.

Känner och hör hur hans hjärta slår. Jag blundar och samtidigt rinner tårarna ner för mina kinder.

Bilder som kommer till mig är allt annat än angenäma. Bilder jag önskat jag aldrig behövt få till mig. Bilder som jag inte förstår. Jag ser henne klart och tydligt som om hon stod här mitt framför mig, tillsammans med oss i hallen. Eller rättare sagt emellan oss.

Hon bara står där med sitt långa blonda hår och

breda lugg. Hennes ögon är iskallt blå och de är lika kalla och uttryckslösa som resten av ansiktet.

Den jämna tandraden har säkert från början varit vit, ja ett riktigt snyggt och dyrt garnityr, som nu ser missfärgat ut av rödvin och cigaretter. Ansiktet ser härjat och rynkigt ut. Kroppen däremot ser välbehållen ut och silikonbrösten sitter där de ska. Hade hon inte varit så fylld av raseri och ilska hade hon förmodligen varit riktigt snygg.

Plötsligt står där en kvinna till. Bredvid henne. Vad vill dessa syner säga mig? Hon i två upplagor. Det kan väl ändå inte finnas två av henne? Håller jag på att bli galen?

Jag hade önskat att det inte fanns någon av henne alls. Hon har orsakat alldeles för mycket bara genom att vara en person. Det som spelas upp framför mina ögon är som en film. En skräckfilm. Två näst intill identiska kvinnor i dryga femtioårsåldern.

De kan vara runt hundrasextiofem centimeter långa, inte direkt späda men inte heller runda. Upplaga nummer två, som jag inte har en aning om vem det är, hon har samma kalla blick men ser inte så härjad och sliten ut i ansiktet. Hon ser lite rosig ut på kinderna och utstrålar inte riktigt samma kyla och ilska.

Jag vet att dessa två kvinnor inte är där med oss i hallen i fysiks form. Förstår att det är ett varsel, att jag får en föraning och information om något som är på gång. Sluter mina ögon, för att få ännu starkare bilder av dem båda. Det är inte bara utseendet de har gemensamt. Jag ser även många barn runt dem, jag ser skrivbord och hyllor med många pärmar.

Vad vill allt detta säga mig? Håller jag på att tappa det helt eller är det detta som kan komma att bli min räddning?

Oavsett så fylls jag av rädsla och obehag. Det något som inte stämmer. Har hon en syster som har hjälpt henne att sätta en kil mellan oss eller är han återigen igen på väg, tillbaka till henne?

För det kan väl inte vara som så att det finns det en ny kvinna i hans liv? En kvinna som är lik henne både till sätt och utseende? Jag får kalla kårar utefter ryggraden. Detta bådar inte gott, det kan till och med vara riktigt illa.

Att hon och jag är varandras totala motsatser har jag förstått från den dagen jag fick reda på att hon fanns i hans liv. Något hon bevisat gång på gång i sina aktioner mot mig. Jag är allt annat än vad hon är.

Något säger mig att han inte är klar med henne. Eller det hon står för. Kan det vara som så att hennes svartsjuka och kontroll är den bekräftelse han behöver för att känna sig älskad? Är det, det som är kärlek för honom? Den kärleken kommer jag aldrig kunna ge honom. Den är destruktiv i mina ögon.

För mig är kärleken villkorslös, kärlek ger utan att förvänta sig något tillbaka.

Samlar mina tankar och inser att jag fortfarande står i min hall och i hans famn med samma känsla, att det är för sista gången. Min själ och mitt hjärta gråter.

Tårarna lämna inte bara spår på min kind utan förstärker och färgar hans skjorta mörkare blå där de landar. Jag vet vare sig ut eller in. Vet inte vad jag ska tro. Vet inte hur länge vi står där utan ord och bara kramar varandra. Vet inte om han är på väg tillbaka till henne. Är det så att han älskar två kvinnor samtidigt?

Då bör han välja den han kom att älska som nummer två. För i sanningens namn om han verkligen hade älskat den första, så skulle han aldrig fallit för den andra.

Eller har han träffat någon ny? Någon som är som hon och påminner om henne. Vet inte om jag ska vara försiktig och se upp för dem båda?

Det enda jag vet är hur ont det än gör, så älskar jag honom och allt jag önskar honom är kärlek och lycka, även om jag inte kommer vara en del av den.

Backar ur hans famn och möter hans blick. Ler och får fram orden.

— Var rädd om dig!

Han nickar lutar sig fram, hans kyss säger mer än tusen ord. Känner mig inte redo att släppa honom, men låter honom gå. Kommer ändå aldrig bli redo för det. Allt känns som en mardröm. Vad är det som händer?

Vad har det emellan oss, det vi haft betytt? Det är så att jag börjar undra, om allt detta hänt överhuvudtaget, eller om allt bara är en dröm och önskan?

Kan inte hålla dig kvar, om du vill gå.
Kan inte göra så att du älskar mig, om det inte är så.
Kan inte få dig att se, vad vi har, eller att få dig det förstå.
Kan bara stå här, släppa taget och låta dig gå.
Hur mycket mitt hjärta än gråter kan jag inte be dig att vända åter.

Kapitel 21

JAG FRYSER. FRYSER ända in i märgen. Jag måste få tag på en filt eller ett täcke, annars kommer min död bli att jag fryser ihjäl. Vet att jag någon gång hört, att när man är på väg att frysa ihjäl, då upplever man det som att man blir varm.

Och att när kroppstemperaturen är nere på trettiotre grader så slutar man att huttra och börjar bli apatisk. Jag är inte riktigt där ännu. Men med tanke på min kroppstemperatur normalt ligger på knappa trettiosex grader, bör jag snart vara i det stadiet. Stadiet där jag börjar känna värme istället, och inte som nu när det inombords känns som att jag fryser så jag skakar.

Kan nästan höra både skelettet och tänderna skallra av köld. Har helvetet frusit till is?

Får efter några försök upp ögonen. Med ens är jag tillbaka, liggandes på min soffa. Fryser så mycket, hade jag kunnat röra mig hade jag förmodligen skakat som en centrifug. Men nej då. Här ligger jag iskall, orörlig och både orken och viljan tryter. Nu måste väl slutet ändå vara nära?

Jag bestämmer mig här och nu. Hon vinner. Jag orkar inte och jag vill inte längre kämpa emot döden. Låt den komma och ta mig. Hans far får mer än gärna komma och hämta mig, om han kommer ska jag villigt gå med honom.

Det är det enda ljuset i mörkret nu. Hon kommer vinna. Men, hon hade inte räknat med att den man vi båda älskar och vill ha. Att hans avlidna far har kämpat från andra sidan med näbbar och klor för mig, ja gjort allt som stått i hans makt för att hon inte ska göra mig illa. Och hon fick en match. Trots allt.

Hon kommer kanske aldrig åka dit för det hon gjort. Men att hon ska leva med sig själv resten av sitt liv, och det är ett straff nog, ett straff värre än de flesta tänkbara. Och det känns som ett rättvist straff, det ger mig tillfredställelse och ro i kroppen.

Det finns inget jag kan göra. Inget jag kan göra ogjort. Det jag nu är mest nöjd med i mitt liv, är att jag inte behöver ångra saker jag aldrig gjorde. Jag gav allt i det jag trodde på. Gav allt i det jag ville ha eller uppnå. Jag var sann mot mig själv, mot min egen önskan. Vad jag än gjort i mitt liv har jag aldrig gjort något medvetet för att skada eller såra en annan människa.

Jag kan dö med handen på hjärtat i vetskapen om att jag kan stå för alla mina val i livet. Jag har kunnat leva med mig själv. För i slutet av varje dag och varje liv, är den enda vi med säkerhet ska leva med hela våra liv, är oss själva.

Sluter mina ögon. Förmodligen för sista gången. Mina tankar vandrar som så många gånger tidigare återigen iväg, och kanske också det för sista gången. De må vara sista gången jag kommer att se tillbaka på något ur mitt liv. På något underligt vis ser jag fram emot det. Nästan med ett barns nyfikenhet. Vad för minnen, vad för situationer och vad för människor kommer spelas upp i mitt inre.

Min andning blir tyngre och tyngre och det blir svårare och svårare att vara klar i tanken. Sista bilderna är på väg att rullas upp för mitt inre. Om jag så bara får ha en sista önskan, låt mina sista minnen få utesluta henne.

Hon kan väl åtminstone nu på slutspurten lämna mig ifred. Låt mig istället få se honom framför mig. Han som gett mig mer än någon annan. Mer än någon kan förstå och mer än jag kan uttrycka i ord.

Jag har skrattat så mycket i mitt liv och nu ler även sorgen mot mig.

Jag har kämpat så starkt att även mitt förutbestämda öde kan acceptera nederlaget, om än att jag nu kanske inte hann med att uträtta allt som var tänkt att jag skulle, i detta liv.

Jag har älskat så sant att nu även hatet går ut genom dörren.

Jag har levt mitt liv så väl att till och med döden kommer minnas att jag funnits.

Kapitel 22

KLART OCH TYDLIGT kommer bilderna till mig, om hur vi åter igen var på väg. På väg på en weekendresa, när vi gav oss iväg den gången kunde jag inte i min vildaste fantasi föreställa mig om vad som komma skulle.

Det bar av söder över, längst med västkusten styrde han bilen. Vi satt tysta och bra njöt av det vackra landskapet vi körde förbi. Vi körde den gamla vägen från Göteborg ner in i Halland och till Varberg.
Vi skulle avnjuta två underbart härliga dagar på Varbergs kurort.

Det var absolut inte det bästa vädret, det var lite molnigt och blåsigt. Men just då fanns det inga moln i världen som kunde strö smolk i vår bägare. Inget dåligt väder kunde påverka oss.

Visst har det sin tjusning med sol. Sitta ute i solen alldeles vid havet, höra hur vågorna rullar in. Känna lukten av saltvatten och tång. Den känslan är som balsam för själen.

Med lite tur så blåser molnen bort och himlen öppnar upp sig och släpper igenom solen. Om inte, så kan det vara nog så mysigt och romantiskt inne på hotellrummet också. Tända ljus, avslappnade musik och doften av liljorna i det vackra blomsterarrangemanget mitt på matsalsbordet i sviten. Oavsett kan inget och då menar jag inget, förstöra denna weekend. En weekend som återigen är fylld av löften, lust och längtan.

Varbergs kurort ligger så vackert. Alldeles vid havet, den lilla sandstranden framför hotellbyggnaderna gör det enkelt att gå ner och ta sig ett dopp när andan faller på. En härlig omgivning med fina promenadstråk åt båda håll. En plats som är idyllisk för att komma bort från vardagen.

Komma ner i varv, äta god hälsosam mat, unna sig själv avslappnande behandlingar.
En weekend som denna gör under för välbefinnandet och är ett förträffligt sätt att fylla på med mer energi.

När vi stiger in genom entrén som nu är flyttade till en annan del i Hotellet, sedan jag sist var här. I den gamla entrén möttes man av den rustika känslan av de då engelska Chesterfield möblerna. Det gav en tyngd till mystiken och hade en varm och välkomnande känsla.

Nu i den nya entrén, med nya mer moderna möbler och inredning är känslan man möts av fortfarande varm och välkomnande. Man möts av ett lugn, en trygghet och av något stabilt och genuint. Samtidigt finns mystiken kvar och hela luften andas romantik. Jag fylls av självförtroende och självkänsla, ser hur både män och kvinnor i foajén tittar på mig, där jag står vid hans sida. Han, min kärlek, har den påverkan på mig.

Den i kombination med platsen, hotellet och omgivningen gör att jag känner mig som en gudinna. Vacker, sensuell och erotisk. Det jag känner inombords är vad jag sänder ut, jag läcker vad jag känner och tänker. När vi fått nyckeln till sviten är jag så uppfylld av vad mitt inre föder mig med. Rakryggad, stark och stolt sveper, ja nästan svävar jag fram över golvet.

Väl framme vid hissen, med ryggen mot gästerna som har uppmärksammat vår ankomst, och som passerar oss när de är på väg till restaurangen. Ställer jag mig på tå, lutandes emot honom väl medveten om de andra gästernas blickar och viskar i hans öra.

— Behandla mig som den gudinna jag är och jag ska ge dig himlen.

Han vänder sig mot mig, hans blick och hans kyss talar sitt egna språk. Jag vet att här blir det åka av!

Vi ligger på var sin massagebänk och får en välbehövlig massage. Han tar min hand och kramar den hårt, det går en stöt genom hela min kropp. Jag fylls av den totala tillit bara han kan ge mig, och det väcker min lust och min nyfikenhet om vad som komma skall.

Vi njuter av behandlingar och härliga bad. Det pirrar i hela min kropp. Pirr av förväntan men också ett litet uns av oro, eller är det en underliggande förväntan? En förväntan om att jag kommer bli väl omhändertagen.

Efter den sköna massagen bestämmer vi oss för att ta det lugnt på rummet, dricka lite bubbel och samtidigt göra oss i ordning inför middagen. SPA-avdelningen har öppet till klockan halvtolv på kvällen och då är det mindre gäster där.

Min röda klänning slutar strax ovanför knät, den är V-ringad och under bysten A-formad med långa ärmarna som också dem är utsvängda och ger snyggt fall från armbågen. De är klädsam för min hudton och figur, både den varmare röda färgen likt väl som till formen. Han har en snygg kroppsnära skjorta, där man kan se hur de muskulösa armarna spela under tyget. Den blå färgen på skjortan tar upp hans ögonfärg och gör hans blick en mer intensiv. Skjortan, de välsittande jeansen tillsammans med ett par snygga skor gör att han ser välklädd ut på ett sportigt och ledigt sätt.

Hand i hand med självsäkra och bestämda steg, stegar vi in i restaurangen. Medans vi inväntar kyparen vid den gedigna disken i trä, dras min blick till en man längre in i restaurangen. I samma sekund som jag får syn på honom går det en stöt genom kroppen och jag ryser till så kraftfullt att jag inte kan avgöra om det är av välbehag eller olust.

Han är mycket bekant. Jag vet att jag har mött honom förut men kan inte alls placera vart. Jag har svårt att ta min blick ifrån honom, för att inte stirra på mannen så sveper jag med blicken över inredningen.

I taket hänger takkronor i silverfärgad mässing med lampor som ska föreställa levande ljus. Takkronor är imiterade från ett medeltida slott. Vissa utav borden, till större sällskap står på borstade ben i stål och bordskivan är av trä betsade i grått. De andra mindre borden har valnötsfaner som bordskiva, stolar och även soffor är av mörkbrunt slitet skinn.

Min blick faller åter på honom. Han är vacker och stilig. Han har något intressant och mystiskt över sig. Han har mörkt hår som är välklippt och inte ett hårstrå som ligger fel. Han har vackra maskulina ansiktsdrag, väl markerade käkar, raka lång näsa, synliga kindben mörka ögonbryn och bruna ögon som är som brunnar.

Hans hals är manligt bred och med synligt markerande adamsäpple. Detta vackra ansikte vilar på breda och muskulösa axlar och överkropp. Att han har dragningskraft på kvinnor är det ingen tvekan om.

Mitt i allt detta uppenbarar sig en fantastisk salladsbuffé. Var vi inte hungriga innan så är vi det definitivt nu. Kyparen kommer och visar oss till vårt bord. När vi börjar gå får mannen i restaurangen syn på oss, när han ser mig reagerar han till.

Även han känner igen mig och sitter förmodligen med samma tankar om vem jag är. När kyparen stegar på i samma riktning som där han sitter, börjar mitt hjärta slå dubbla slag och det tankar jag sänder ut till universum är att *låt oss inte hamna på bordet bredvid honom*.

Vad Universum inte hör är just *inte,* det jag egentligen sänder ut och attraherar till Universum är *låt oss hamna på bordet bredvid honom.*

När vi kommer fram till vårt bord och min stora kärlek drar ut stolen för mig, så reser sig den mörkhåriga mannen sträcker fram sin hand, det som sker, sker fort och av sig själv. Utan att jag kan styra det eller mig själv, fattar jag hans hand.

— Så vi möts igen. Säger han och ler.

— Kommer du ihåg vår överenskommelse? Frågar han mig.

— Ja nu när du säger det. Vi sågs för några år sedan i Egypten, vid två tillfällen vid Konungarnas dal och sedan sprang vi in i famnen på varandra en tredje gång bakom en pelare i Drottningarnas dal.

— Ja. Du har ett bra minne fröken eller är det frun?

— Fortfarande fröken.

— Som jag sa då, bakom pelaren i Drottningarnas dal så är jag en man som står fast vid mitt ord. Jag sa att om vi någonsin möts igen så vill jag bjuda dig på middag. Står fröken vid sitt ord?

— Ja det gör jag. Jag tackade ja den gången, så visst får du bjuda mig på middag.

— Vad sägs om att du och din man gör mig sällskap här ikväll och jag bjuder er på middag?

— Det erbjudandet kan vi inte tacka nej till. Säger jag utan att fråga och utan en tanke på hur det kan uppfattas av min stora kärlek, som fortfarande står och håller i ryggstödet på stolen och väntar på att jag ska sätta mig.

Som förrätt får vi själva gå och plocka vad vi önskar av den stora härliga salladsbuffén. Jag står någon meter ifrån de båda männen där de står sida vid sida. Jag håller andan för att höra, inte bara vad de säger till varandra, utan också om jag kan urskilja om det ligger något spänt och ansträngt i deras röster.

Det är en spänning och så laddat mellan dem, att man hade kunnat höra en fjäder landa. De får klara sig på tu man hand igenom denna första kontakt. Det byter några artighetsfraser om vad de arbetar med. Vad har jag försatt mig i för situation?

Än en gång har jag hamnat i det dilemmat att jag inte kan välja, kan inte tacka nej till att avnjuta middagen tillsammans med denna främling. Dragningen är så stark att jag inte ens kan förmå mig att fråga min stora kärlek om han tycker det är okej.

Vad är det som är på väg att hända?
Här sitter jag på en middag. Där huvudrätten är en utsökt ox-kind som smälter i munnen och vi dricker ett fantastiskt rödvin som gifter sig perfekt med maten. Detta i sällskap av en för mig främling som har en dragningskraft utöver det vanliga och med han, min stora kärlek.
Vad håller jag på med? Kan man både ha kakan och äta upp den?

Jag som är en kvinna med hög moral. En kvinna som förespråkar gott uppförande och ska föregå med gott exempel. Vem är jag egentligen?
Ja inte kan jag liknas med något helgon. Jag är definitivt inte Heliga Birgitta.
Har i och för sig vid närmare eftertanke upplevt uppenbarelser. Men får erkänna att det inte är uppenbarelser i jämförelser av Heliga Birgittas slag.
Däremot har jag hjälpt, framför allt unga själar att göra bättre och fredligare val i sina liv. Men långt ifrån så att jag skulle kunna kalla mig Moder Teresa. Att jag inte är och inte heller kommer att bli ett helgon är tydligt och något jag snabbt kan konstatera.
Hur gärna jag än skulle vilja vara ett helgon just nu. Så inser jag att djupt där inne, innanför kvinnan med klass, lärarinnan med hög moral, kvinnan som

uppträder så föredömligt, där döljer sig tydligen helt andra sidor också.

Sidor av Cleopatra, en gudinnas omättliga lustar och begär. Ja så måste det vara.

Det har jag ofta fått höra i Cleopatras hemland Egypten att jag har hennes ögon, både till form och färg. Som om det inte vore nog, har jag dessutom en del av hennes själ också.

Den delen som söndrade och härskade och tog vad hon ville ha. Förlikar mig med att jag och Cleopatra är ett i kväll. Nu ska jag ta vad jag vill ha. Jag vill bli behandlad som den gudinna jag är.

När chokladtryffeln smälter i munnen och lent och behagligt landar i magen.

Står det klart för mig att denna middag har kommit till sitt slut. Min högsta önskan och min hetaste längtan just nu, är att dessa båda män ska ge mig total uppmärksamhet, omsorg, tillfredställelse och njutning.

Samtidens Cleopatra det är jag! En riktig manslukerska, en kvinna som tar vad hon vill ha. Hade aldrig i min vildaste fantasi kunnat tro, att jag, en kvinna som uppfattas som öppen och framåt utåt sett, men när det kommer till intimitet egentligen är väldigt blyg och försiktig. En kvinna som behöver tid. Tid för att väcka elden inom mig.

Nu plötsligt är jag som förbytt, elden har tänts, med lågor som brinner och flammar starkare något annat. Jag känner hur det fullkomligt både bultar och pulserar med våldsam kraft i mitt underliv.

En kvinna som tar vad hon vill ha, väcker inte beundran
och höjs inte till skyarna med stående ovationer.
I andra kvinnors ögon är hon synden, den orena, hon som
inte förtjänar något annat än att förgås och brännas på bål.
I mäns ögon kan hon i hemlighet väcka förundran, nyfi-
kenhet och lust.
Något han gärna sätter på om och om igen.
Men det är inget han gärna går ut med.

Kapitel 23

Minns att en av mina bröder en gång sa till mig, att mogen frukt smakar bäst. Nu står jag här trettio år senare, mitt i livet med en förhoppning om att få njuta av två långa, stiliga mogna män. Inom mig hörs en röst som säger att det är bara att plocka den mogna frukten. Ikväll blir det till att skörda det du sått.

Luften är varm och fuktig och ur högtalarna spelas avslappnande musik. Det är sent och det är bara två äldre damer kvar inne på SPA-avdelningen när vi kommer in. De sitter i den första bastun som vetter mot ingången.

Det är bara att håller tummarna att de snart är klara för att gå därifrån och att inga andra kommer. Det är outtalat vad som komma skall, men vi vet det alla tre. Ingen av oss behöver basta för att få upp hettan och värmen, jag ställer tre glas och en flaska bubbel på kortsidan längst in vid den varma sköna delen av poolen.

Jag hör hur både min stora kärlek och min mörke mystiska man hoppar ner i den kalla poolen och jag inser att jag också behöver kyla av mig för att stilla min lust och längtan. Det är nästan som att vi tre av den hetta och lust vi utsöndrar skulle kunna värma upp den kalla poolen med våra kroppar.

Bubblet och vinet som jag drack innan och till middagen nu tillsammans med värmen, börjar ta ut sin rätt. Jag känner hur jag slappnar av mer och mer, hur gränserna oss tre emellan börjar suddas ut.

Vi sitter nära varandra, jag med en man på var sida om mig. Ju mer bubbel vi dricker desto djärvare blir vårt samtal, nu är vi ute på djupt vatten och skulle behöva kyla av oss igen. Jag försöker ta in vad de båda männen berättar, om sina sexuella fantasier, och om hur de vill ta hand om mig.

Samtidigt som jag känner en bekant och van hand på insidan av mitt lår. Som sakta och retfullt och med en fingerfärdighet som få, för dem innanför mina bikinibyxor. Jag lutar mitt huvud bakåt mot poolkanten och när jag känner hur en annan hand smeker och nyper min ena bröstvårta och en tung och lätt kyss som letar sig upp längst med halsen och biter mig lätt i örat.

Då kan jag inte längre hålla ljuden av välbehag inom mig, samtidigt som jag jämrar mig lyckas jag pressa fram.

— Är vi ensamma kvar? Har de två äldre damerna gått?

—Slappna av och njut älskling, vi är ensamma, det är bar vi tre kvar säger min stora kärlek och böjer sig fram och kysser mig, hett och intensivt.

Hans tunga leker med mig, allt är så spännande, så upphetsande att jag inte kan hålla isär vem som gör vad. Eller vems händer och armar som håller ett fast tag från höften bak på ryggen, så att jag vilar på hans armar.

Det är som om jag ligger ovanpå vattenytan. Någons händer drar mina trosor åt sidan och några vana fingrar knäpper upp och får av mig bikiniöverdelen. En tunga leker mellan mina lår, slickar och suger min klitoris fantastiskt skönt, men på ett sätt jag inte känt innan.

Han gör det så otroligt bra, som om han inte gjort något annat i hela sitt liv. Det är så skönt, så omvälvande att jag tappar all sans och balans.

Orgasmerna går inte att hålla tillbaka, hur mycket jag än försöker. De kommer stötvis som en fontän. Jag kvider och skälver samtidigt som jag bönar och ber om att någon av dem ska tränga in i mig. Allt sker med blixtens hastighet.

Upp ur vattnet och in i den ena bastun får jag hjälp av min stora kärlek att gränsla den mörka mystiska mannen. Han håller sina händer runt min midja där jag rider honom. Med fast hand drar han mig ner mot sig, kysser mina bröst och mina läppar.

Min stora kärlek smeker mig och sakta och försiktigt tränger även han in i mig. Det tar inte lång tid innan jag skriker rakt ut av lust och maximal njutning när jag exploderar av deras penetration i den blötaste av orgasmer.

Jag darrar och krampar fortfarande en bra stund efter, där jag sitter lutad mot hans bröst och med mina ben vilande i knät på den mörke mystiska mannen. Ingen av oss säger ett ord. Vi är helt tagna av den kärleksakt, och den erotiska lek vi just ägnat oss åt. Jag ångrar ingenting och återigen har jag fått uppleva magi.

Jag sluter mina ögon, min kropp spänns på nytt. Ryser till, av lust och välbehag.

Min kropp har börjat återhämta sig.

Jag har tappat all tid och rum, vet inte hur länge vi suttit i tystnad? Musiken spelas inte längre ur högtalarna och hela SPA-avdelningen är nersläckt. I bastun där vi fortfarande sitter, har slagits av och är rumstempererad. Efter att vi en bra stund suttit tysta och lyssnat till våra andetag, drar han, min stora kärlek mig närmare intill sig. Smeker och kysser mig. Återigen känner jag mig som en gudinna en samtidens Cleopatra. Jag besvarar hans kyssar. Mina händer smeker hans kropp. Han viskar till mig.

— Älskling vi ska ta hand om dig en gång till.

Då vet min längtan inga gränser. Än en gång, på en och samma kväll, blir jag omhändertagen som den gudinna jag är. Han, min stora kärlek, tar kommandot. Som den man han är, där han sitter lutad mot väggen naken och i sin fulla prakt, får jag smaka och uppleva hans djupa intensiva kyssar, lekfulla tunga som utforskar hela min kropp.

En tunga jag så väl känner och som kan få mig att kapitulera för vad som helst. Han gör mig redo och mottaglig för dem båda två. I ögonvrån ser jag hur min mörka mystiska vän också börjar vakna till liv. Hur hans manlighet börjar expandera och resa sig.

De båda ger mig återigen sin fulla uppmärksamhet, båda med ett enda syfte att tillfredsställa mig. Med sina händer, fingrar, tungor och manlighet stimulerar och berör de mig från topp till tå. Jag är redo, redo att ta emot. Ta emot dem båda två. Jag kan inte hålla tillbaka, jag bönar och ber om mer.

Jag skälver och kvider. Tappar all sans och balans. Det är så skönt, så intensivt och allt runt omkring försvinner. Jag sluter ögonen och återigen vet jag inte vems tunga, vems händer eller vems penis som är vart. Det är bortom all kontroll och inget spelar någon som helst roll. Jag njuter av varje sekund, varje liten beröring och är så totalt uppfylld och omsluten av lust, begär och otroliga orgasmer.

Orgasmer som får min kropp att krampa, min andning att komma stötvis, mina ögon att nästan rulla av välbehag. Med stön och skrik som inte går att kväva. Stön och skrik som hörs högt och ljudligt, som talar för sig självt och som skulle kunna få Cleopatra att vända sig i graven av avund.

Han, min kärlek, kan konsten stimulera mig på alla sätt och vis. Han klarar det helt på egen hand, för egen maskin. Men han är stor, större än livet när han delar mig med en annan man, på ett sätt som detta. Hans sätt att ta hand om mig, och ge mig all den njutning en kvinna någonsin kan önska. På det sätt han gör det, är något få män klarar av. Han sätter alltid mig och mitt välbefinnande i första rummet.

Det vi ägnat oss åt är magiskt och ren och skär konst.

För att du sett mig naken, innebär det inte att du vet vem jag är.

För att du hört historier om mig, innebär det inte att de är sanna.

För att du skapar dig en bild om mig, innebär det inte att det är mitt rätta jag.

Så länge du inte är en del av min historia eller varit deltagare i mitt liv.

Då är det vad det är, beroende på vem som bedömer oss eller situationen.

Ingen av oss kommer levande härifrån så varför skall vi hålla tillbaka oss själva?

Våga berätta vad som döljer sig i ditt hjärta, våga vara galen och våga vara levande.

Gör allt helhjärtat, lämna ingen oberörd skapa skönhet, magi och konst i allt du gör!

Kapitel 24

AJ! VÄCKS AV mina egna stön när jag försöker vända mig om. Min kropp är öm, varenda muskel i kroppen gör ont. Känns som någon kört över mig med en långtradare eller som jag just sprungit ett maraton. Till slut efter mycket om och men får jag benen över sängkanten och kommer upp till sittandes ställning.

När jag ställer mig upp och börjar gå mot badrummet får jag ett riktigt uppvaknande. Tar staplande steg på ben som är stela och ömma. När jag väl kommit ned på toalettsitsen inser jag att här kommer jag bli sittandes ett tag.

Vilken kväll, vilken natt och vilka erotiska upplevelser vi var med om igår. Vart tog han, min mörka mystiska vän vägen efter vi lämnade SPA-avdelningen? Försöker dra mig till minnes, bilderna från igår kväll och vår amorösa upplevelse är suddiga, han måste ha lämnat oss efter vår älskog.

Är mycket tacksam att han inte är här, han är inte bara en främling utan också en riktig gentleman, som förstår att denna morgon vill jag dela med den mannen som fortfarande ligger där i sängen och sover.

Min kärlek och bara vi två, den mystiska mannen har fyllt sin funktion och delat lust och njutning med oss, men han är inte en del av vår kärlek. Jag fylls av värme och respekt samtidigt som jag är glad och tacksam att det var just han som delade detta erotiska äventyr med oss igår.

Kliver in i duschen, vattnet är varmt och skönt och munstycket är inställt på att ge huden massage. Jag sluter ögonen och i takt med att det varma vattnet sköljer över min kropp så sköljer, eller snarare väller tankar om henne upp inom mig.

Det är inte utan att jag funderar på om det är första gången för honom? Första gången han upplever erotiska äventyr med två män och en kvinna inblandade. Ställer mig frågan om han och hon gjorde något liknande i deras relation? Hon, han och ytterligare en man. Kanske hon kan ha gått med på det?

Men att hon skulle ha gått med på att dela honom med fler kvinnor, han som ensam man, det har jag svårare att tro. Med tanke på den svartsjuka och kontroll hon uppvisat så bör svaret nog vara ganska givet. Å andra sidan om hon hade fått vara delaktig och kunnat få kontrollera situationen, så kanske hon kunnat dela honom under äventyr som dessa både med andra kvinnor och män.

Det slår mig plötsligt. Han kanske inte kan dela henne med andra?

Irrar jag runt i en illusion? Om att han älskar mig lika villkorslöst som jag älskar honom. Kan män älska villkorslöst? Eller har de en kvinna för var sak?

Symboliserade hon kärleken, man och kvinna? Den

kvinnan som är hemmet, tryggheten och moders-energin. Där kontroll, svartsjuka och destruktivitet är det som utgör tron om att det är kärlek. Det som får en man att känna sig älskad, sedd och behövd. Att hon då är kvinnan och madonnan.

Och jag är inte mer än skökan, häxan och glädjeflickan. Den där glädjeflickan som bekräftar hans manliga ego.

Som tillfredsställer de lustar som madonnan inte ska göra, de lustar som fläckar madonnans renhet. Häxan, ja en riktig trollpacka som med sina övernaturliga mörka krafter, som har makten att lurar stackars män, in i syndens näste.

Där de arma viljelösa männen faller offer för horeri och in i otrohet. Är allt bara en villfarelse om att det går att få allt i ett och samma paket?
I en och samma person och relation?

Att kunna älska villkorslöst, kunna acceptera en annan människas allra hemligaste längtan och leva med en människas alla sidor och personligheter, känns högst tveksamt nu. Vill så gärna tro att den villkorslösa kärleken finns. Att kärlekens enda längtan är att ge. Allt tror den, allt hoppas den och allt utstår den.

Men visst är det som så, att vi inte ser saker som de är, utan vi ser på det som vi är. Jag vill fortsätta att se på honom genom de villkorslösa kärlekens glasögon. Hur han ser på mig är inget jag kan styra eller påverka, han som alla andra äger rätten och ansvaret för sina egna känslor.

Om hon hade älskat honom villkorslöst. Om hon inte hade gjort allt hon gjort mot mig, hade han verkligen lämnat henne då? Aldrig blir jag helt fri ifrån henne. Hon fyller alltid, i alla situationer, mitt inre med frågor och funderingar. Varför tillåter jag henne att komma in under mitt skinn?

Samtidigt som jag schamponerar mitt hår och tvålar in min kropp, bestämmer jag mig. Jag ska inte bara bli ren, väldoftande och fräsch på utsidan. Utan även min insida ska tvättas ren, ren och fri från henne.

I samma stund som jag börjar sjunga en låt ur filmen Arn, så fylls jag återigen om övertygelsen om att vi, tillsammans kommer klara allt.

Sjungandes för full hals, med vattnet som sköljer över min kropp, hör jag honom komma in i badrummet. Mina hjärtslag ökar när han kliver in i duschen och ställer sig tätt intill bakom mig. Han gör mig svag och stark på samma gång. Svag i benen och kroppen av åtrå, och stark och oövervinnelig inombords. Han får mig att känna mig som Guds gåva till männen och den känslan är obeskrivlig att känna. Han drar mig ännu närmare intill sig och viskar i mitt öra att jag ska fortsätt sjunga.

— Älskling jag vill höra alla de vackra orden ditt hjärta känner.

Jag sjunger;
Du och jag har tagit oss hit genom uppgångar och fall.
Åh jag ska ge dig det bästa jag har. För det här ser ut att bli, en förtrollad, en förtrollad natt...

— Älskling det var en förtrollad natt. Vi har haft många förtrollande nätter och vi kommer få många till.

Jag blir så rörd av hans ord, att jag själv inte får fram ett enda. Mina tvivel om hans kärlek till mig är som bortblåsta. Han vänder mig om, tar mitt ansikte i sina händer och säger de rätta orden, de orden jag verkligen behöver höra.

— I dig ser jag de stjärnor jag behöver se. Du har ett hjärta av guld och du bär ljuset som lyser upp den väg jag går. Vi kommer ta oss igenom alla uppgångar och fall. Jag ska också ge dig det bästa. Det bästa jag har.

Moral hit och moral dit.

Kvinna med stil och klass, hon som gör rätt och är föredömet framför alla.

Helgongloria men skenhelig som få.

Hon är inte så rolig när allt kommer omkring.

Skökan, häxan och glädjeflickan bor inom oss alla. Släpp fram henne, det är befriande, njutningsfullt och helt underbart.

Jag tar henne i handen, hon kommer få vandra tillsammans med mig alla de dagar jag har kvar.

Fina kvinnor kommer till himlen och vi andra kommer komma hur långt som helst.

För min del är himlen för länge sedan förbi.

Kapitel 25

N**ÄR VI ÄR** tillsammans rusar tiden iväg. Nu när vi inte setts på länge är det som om tiden stått stilla. Dagar och nätter är oändligt långa. Grubblandet och analyserandet, känslan om att allt inte står rätt till är svår att hantera. Den är svår att förskjuta och inte lägga energi på, trots alla ansträngningar att tänka på annat.

Trots att jag fyller dagarna med arbete och aktiviteter för att få dem att gå fortare och bli mer meningsfulla, så är det en kamp. En kamp att inte falla in i tvivel och negativa tankebanor.

Det plingar till i mobilen. Jag hoppar högt och hjärtat slår dubbla slag. Jag kliver rakt ut ur duschen, schampolöddret i håret rinner ner i ögonen. Jag bryr mig inte om att vare sig torka bort det eller att jag blöter ner hela badrummet och hallen i min framfart för att få tag på mobilen som ligger på laddning på byrån.

De få metrarna mellan duschen och hallmöbeln tar inte många sekunder. Men ändå hinner jag tänka tusen tankar, och föra tre olika konversationer med mig själv.

Förbereda mig själv på vad jag kan mötas av.

Vem har skickat meddelandet och vad för budskap ska jag få. Kommer meddelandet väcka glädje och lycka? Eller kommer det ge mig känslor av besvikelser eller rent utav känslor av obehag? Dialogen inom mig är med en sändare och en mottagare. Sändaren är mitt *hjärta* som för dialog med mottagaren som är min *hjärna*.

— Meddelandet är från honom, viskar mitt *hjärta*.

— Hur dum är du? avfärdar min *hjärna*.

— Om det inte är från honom, bli inte besviken. I äkta kärlek och i vår kärlek finns inga förväntningar, uppmanar mitt *hjärta* mig.

— Det är hans förbannande skyldighet att höra av sig. Av ren och skär respekt. Det är jag definitivt värd, efter allt jag stått ut med, allt vi gått igenom och framför allt med tanke på det sätt jag valt att hantera henne på. Skriker min *hjärna* i samma sekund.

Mitt *hjärta* och min *hjärna* pratar i mun på varandra. Den ena är mörkret som skriker, är aggressiv och uppe på tårna beredda för strid. Medan den andra representerar ljuset, som desperat försöker se på det, finna svar och förstå det, ur ljusets perspektiv. Denna ständiga kamp och strid mellan mörker och ljus inom oss och inom mig, gör mig galen. Om vi inte ens är överens med oss själva, hur ska vi då kunna komma överens med varandra? Det är inte så konstigt när allt kommer omkring att det ser ut som det gör runt omkring oss, i samhället och världen.

Hjärtat och ljuset vinner igen. Även om hans svar på mina meddelanden dröjer. De är kortare. Och det till trots, att han inte hör av sig så ofta som han brukar göra, finner hjärtat naturligtvis en förklaring till det. Är det något jag kan, så är det att övertyga mig själv om att han har väldigt mycket att göra på sitt arbete just nu. Vid närmare eftertanke är det trots allt en av högtrycksperioderna i hans bransch. Han har varit sådan här från tid till annan, innan också.

Det är inget jag behöver oroa mig för, så varför gå och oroa sig och ödsla negativ energi tills jag vet helt säkert? Det kommer visa sig förr eller senare. Och fram tills motsatsen, i så fall är bevisad är jag återigen överens med mig själv. Mitt *hjärta* och min *hjärna* har slutit fred med varandra och jag återfår balansen och harmonin inombords. Trots detta är min mage i uppror och min intuition sänder mig oroväckande signaler om att något inte är som det ska.

Jag tar och drar några djupa andetag i ett försök att samla mig, mina tankar och min oro. Utan större resultat.

Trycker på knappen och ljuset lyser upp displayen på telefonen. När jag ser vem meddelandet kommer ifrån så vet jag inte om jag ska skratta eller gråta. Känna tacksamhet och kärlek eller uppgivenhet och besvikelse?

Jag lägger ner telefonen och går tillbaka in i duschen. Bestämmer mig för att läsa meddelandet när väl jag duschat klart och torkat mig. Vrider upp värmen och låter de heta vattenstrålarna överskölja min kropp och färga min hud ilsket röd. Drar några djupa andetag i fyra olika andningstekniker, för att släppa ut och bli av med tvivel och fylla på med styrka och god energi.

Bara genom några minuters djupandning återfår jag balansen och min inre ro. Även om jag känner mig lugn, harmonisk och gladare så maler ändå frågan inom mig. Varför hör han inte av sig?

Kan det vara så att han har någon annan? Eller kan han ha gått tillbaka till henne?

Nej, naturligtvis är det så att han har fullt upp på arbetet och är väldigt stressad.

Stress är inte hans starkaste sida. Det vet jag när jag tänker efter. Och det är något av det sista jag vill, att bygga på den stressen.

Det är ju hos mig han ska kunna finna frid, kunna lägga sig ned och känna ro. En plats, ett hem, en famn dit vi alla längtar, hoppas kunna finna, som ger oss lugn och tro.

Frågan är bara om han känner och förstår detta?

Jag en obotlig romantiker. Som om det inte vore nog, har jag lätt att se allt som vackert och felfritt. Är dessutom även utrustad och full av förståelse, numera kan jag också titulera mig som expert på att hitta på ursäkter. Ursäkter för att jag inte ska behöva inse att det kanske inte är som jag tror.

För att på ett mjukt och förståndigt sätt snart inse att jag är den av oss som älskar, högst, mest och villkorslöst. Har min verklighet bara varit en illusion? Vi har kanske inte delat kärleken? Vi har kanske bara delat tilliten, tryggheten, glädjen och lusten?

Bestämmer mig att skicka ett meddelande till honom.

Den sårade sidan av mig vill skriva;
Jag förstår inte? Du är drivande och hör av dig när det passar dig.
För din kännedom så har jag tittat igenom min samtalslista.
Den senaste tiden har du ringt mig femtiotvå gånger och jag dig sju.
Var av fyra av de sju gångerna för att jag hade missat samtal från dig.

Jag avstår ifrån meddelandet min *hjärna* vill skicka, det är egentligen inte viktigt. Jag kan bara ta ansvar för mina känslor och handlanden. Och jag är bättre och större än så här. Istället skickar jag en kortfattad version av det som mitt *hjärta* känner. Om han förstår och tar det till sig, vet jag inte, och jag kommer kanske aldrig få reda på det heller. Även han får ta hand om, och ta ansvar för sina känslor och val. Dem ska han leva med som alla vi andra får leva med våra.

Skriver istället.
Jag är ensam, rädd och jag väntar på dig.
Så jag låtsas och tror att du är på väg hit till mig.
Är rädd att den kärlek jag sänder ut inte kan nå ditt hjärta.
Att du det stängt och gömt utav rädslan att uppleva smärta.
När det kommer till kärlek så vill jag dela den med dig.
När det kommer till kärlek låt den inte försvinna i sig.
Jag kan inte tala om för dig vad du i ditt hjärta ska känna och finna.
Och inte heller kan jag längre dig lova att kärleken kommer vinna.

Efter att fått iväg meddelandet till honom fylls jag av samma känsla som när han senast han åkte ifrån mig. En känsla av tomhet och att något var över. Den känslan kommer tillbaka med full kraft nu. Hur kan något så stort, så ljust, så vackert och så underbart på bara en liten stund förvandlas till något så mörkt, så ovisst, så skrämmande och så ogripbart.

Det går fort. Med ljusets hastighet. Glädjen och värmen är som bortblåst. Kylan och rädslan är som en stor, kall och hård hand. En hand som sluter sig runt mitt hjärta. En hand som har bestämt sig för att krama ut allt. Vartenda litet uns av kärlek, ljus, glädje och respekt. Allt ska tömmas. Vridas ut som en trasa. Det gör så ont. Smärtan och rädslan är total. Inte som den smärta och rädsla när man står med hjärtat i sin egen hand, redo att ge bort det till någon. Utan denna hemska hand har slitit ut mitt hjärta utan att ens fråga eller ta hänsyn till om jag tillåter det. Vems är denna hemska hand? Vem kan göra detta mot en annan människa.

Gav jag min tillåtelse till det, den dagen jag stod där med hjärtat i min hand? Modig, redo och att älska villkorslöst med total tillit om att kärleken är den största och mest fantastiska kraft och energi som finns. Om jag vetat att detta skulle komma att hända. Hade jag ändå kastat mig ut, utan vare sig livlina eller fallskärm?

Smärtan gör det omöjligt att sortera tankarna, att tänka klart. Allt känns oviktigt. Det finns ingen som kan rädda mig. Ingen som kan bota smärtan. Jag har inte längre något hjärta. Utan hjärtat är det omöjligt att leva. Smärtan har tagit mitt ego i besittning. Döden känns som en befrielse och jag längtar efter den. Det finns ingen på denna jord som kan få mig att vilja fortsätta mitt liv. Det är slut, det är över.

I mitt hjärta finns ingen empati, ingen förståelse för någon annan. Ingen av dem som stått mig nära, den kärlek jag känt och dem jag älskat mer än livet självt finns kvar. Allt är som bortblåst. Tomt mörkt och väldigt kallt. Himlen har blivit ett helvete. Som sagt så kommer vi från ljuset och när vi dör går vi mot ljuset. Om det är sant kommer jag snart bli varse om det.

En av mina teorier och livsfilosofi har besannats. Med andra ord så är det enda helvete som existerar det vi väljer att leva den tid vi vandrar på jorden. Vilken tur att jag inte lagt massor av energi under mina levnadsdagar på att vara rädd för döden. Den är ju trots allt ljuset i tunneln.

Jag älskar honom inte med vare sig mitt hjärta eller mitt sinne. För att hjärtat kommer en dag sluta slå och mitt sinne kommer en dag sluta minnas. I stället älskar jag honom med min själ. För själen lever för evigt, den stannar inte och den glömmer inte.

Tänk att få slippa vara en tänkande, kännande och reflekterande varelse.

En varelse som inte har någon egen vilja, inte går sin egen väg och inte har sina egna idéer och tankar om hur man vill leva sitt liv.

Tänk vad skönt att bara existera genom att kunna andas och röra sig.

Bara följa efter alla andra.

Dit andra går, dit går jag.

Skrattar andra skrattar jag.

Gråter andra gråter jag.

Utan att veta varför och utan att behöva ta ansvar.

Kapitel 26

SLÅR UPP ÖGONEN. Ser då i ögonvrån ett blåaktigt ljus som fladdrar till. Ena stunden ett starkt, intensivare, kallare ljus, i nästa stund är det dovare och varmare blått. Där emellan är det mörkt, väldigt mörkt.

När ljuset blir starkare igen träder en skugga fram mer och mer. Det är en gestalt. En gestalt som sitter i fåtöljen bredvid mig. Det är han. Han har kommit för att rädda mig. Hans varma intensiva, kärleksfulla och busiga blick känns lockande och trygg. Han sträcker ut sin hand. Jag vill inget hellre än att fatta den. Att få ta hans hand, och få omslutas i hans famn. Att få vila i armarna hos en ängel och känna den trygghet bara en ängel kan ge.

Jag har redan väntat allt för länge på denna andra chans. En andra chans som jag började misströsta att den skulle komma. En chans som nu bara får mig att tvivla och känna att jag inte är god nog. Allt jag vill nu är att få känna frid och fly iväg från allt som är här. Är så trött på allt detta, det är så fel och skruvat. Alla lögner och projektioner. Vet inte längre om det är galenskapen eller ledsamheten som tvingar mig ner på knä?

Jag kan lika väl ge upp. Följa med honom. Han, min stora kärleks far, min räddande ängel. Han var den som kom för att rädda mig. Det är inte så illa trots allt. Det står nu klart för mig att döden, det eviga livet, går som segrare ur denna strid. Detta triangeldrama är snart över och kanske inte ens ett minne blott? Det blir ingen morgondag. Denna natt kommer för min del inte att ha något slut.

Aldrig mer ska jag uppleva en morgon som gryr, en sol som stiger efter att en natt blir till dag.

— Nej!

Det hjärtskärande skriket skär i mina öron. Vem vågar gapa och skrika på detta sätt. Han, min ängel, ser förvirrad och orolig ut. Han drar genast tillbaka sin hand. Jag blir förskräckt. Ska även min ängel överge mig? Snälla, han är den end trygghet jag har! Han är den enda som kan ta mig härifrån. Det kan inte vara möjligt? Kan jag inte ens få dö ifred?

Att jag ska försvinna är ju hennes enda längtan och önskan. Och inte bara hennes, utan även den andra kvinnan. Ser dem båda två som ett varsel där de står sida vid sida. Dessa två kvinnor som är så lika att det nästan kunde varit tvillingar, hon min kärleks före detta som kämpat i snart ett års tid för att röja mig från jordens yta och denna andra kvinna, som jag inte vet vem det är, står nu bredvid min plågoande.

Denna nya vem hon än må vara, ser inte ett dugg snällare eller varmare ut. Jag ser dem båda två tydligt för mitt inre. Den ilska och frustration jag väcker hos dem är som mörka krafter det slår blixtrar och dunder om. Det är krafter av kontroll och svartsjuka i dubbel bemärkelse. Med ett gemensamt mål. Jag. De har allierat sig med varandra. De är så lika, och lika barn leka bäst.

Vi var med andra ord inte bara två kvinnor om honom. Inte bara jag och hans före detta sambo, utan med största sannolikhet även denna kvinna. Är hon den nya av kvinnor i raden. Att den före detta kvinnan och den nya kvinnan går samman för att röja mig ur vägen vill jag inte ens tro på. Hur kan det vara möjligt?

Kan han gå i ett sådant mönster och dras till två så identiska kvinnor? Men framför allt, vad driver dem så hårt, att de går samman för att utrota mig från jordens yta?

— Hallå? Vakna! Vakna säger jag till dig.

Desperationen i rösten är inget i jämförelse med desperationen i hur personen ifråga rycker och skakar min kropp. Vem är denna hysteriska människa? Det måste vara en som tar stor plats. Min ängel har rest sig. Han har dragit sig tillbaka och står nu i dörröppningen till vardagsrummet.

Paniken att han ska lämna mig gör det svårt att andas, och trycket över bröstet gör så att luften inte kan passera.

— Hör du mig? Snälla hör mig! Håll ut lite till, ambulansen är på väg, den är här när som helst. Lämna mig inte. Jag kan inte leva vidare om du inte fortsätter leva! Kan inte leva med vetskapen vad jag både aktivt och passivt har utsatt dig för. Jag måste få en andra chans! Snälla, ge mig en andra chans?

Vem är det jag ska ge en andra chans?

Jag förstår verkligen ingenting, jag söker febrilt efter min ängel. Han står fortfarande kvar, än är det inte för sent. Än finns det en chans att jag kan följa med honom. Hur blir jag av med denna hysteriska människa som har gått emellan? Den som gapar, skriker, ruskar, skakar och ber mig om en andra chans. Jag kan inte riktigt placera rösten, den låter lite bekant och jag har hört den förut men kommer inte på i vilket sammanhang. Inte heller kan jag se personen ifråga.

—Stanna här. Allt kommer att bli bra. Allt kommer komma upp till ytan och ljuset. Sanningen kommer segra. Ge inte upp nu.

Får inte i ordning på något som helst. Vad ska bli bra? Vad ska komma upp till ytan? Vilken sanning? Det finns lika många sanningar som alla inblandade. Vi bär alla på vår egen sanning.

Vem du än är, som tagit dig in i mitt hem.
Som bönar, ber och försöker hålla mig kvar.
Och för denna verbala monolog om sanningen, om vem som gjort vad. Snälla, låt mig bara vara. Hur gärna jag än skulle vilja kunna kommunicera, så kan jag inte.

Kan inte denna hysteriska människan förstå att jag vare sig kan prata, röra mig eller på något sätt kommunicera eller göra mig förstådd? Gud vet hur länge jag legat här i detta tillstånd och vad jag blivit förgiftad med.

Även om jag skulle vilja, så får inte ett ord över mina läppar. Ser inget, och kan knappt andas längre. Än mindre känner jag att jag kan hålla isär vem som gjort vad. Jag vet inte ens vad jag själv har gjort. Eller vad som har hänt.

Jag är inte heller så lysten på att ta reda på det.

Allt är ett enda kaos. Ett kaos med flera inblandade. Kan inte få ordning på vilka som befinner sig i rummet och i kaoset.

— De är här nu! Tack, tack, tack. De är här nu. Det kommer ordna sig. Ambulansen är här nu. Om du inte ger upp nu, så ska du se att de kan rädda dig.

Rädda mig? Det känns som rummet fylls med folk. Hör hur de pratar. Det är bråttom hör jag någon säga. De måste flytta över mig till båren omgående, och iväg inom någon minut. Hör hur någon säger att det blir till Sahlgrenska de ska köra mig till.

Att det står ett team redo när vi anländer dit, och att de ska göra allt som står i deras makt för att försöka rädda mig. Frågan om jag vill bli räddad, dyker upp inom mig. Lika så om det ens är möjligt?

Det känns lite lättare att andas igen. Tankarna klarnar lite. Att det är illa och att jag är döende har jag förstått. Men nu hör jag även, vad jag gissar är kunniga sjukvårdare, eller kanske till och med läkare bekräfta det. Kaoset har lagt sig. Hysterin och rädslan från vem det nu var, är också borta.

Det känns lugnare, om än lite stressigt, läkarna jobbar mot klockan.

Nu känner jag inte av honom längre och kan inte längre förnimma hur han ser ut, hur han känns, hur han luktar och hur mycket jag älskar honom. Han, min stora kärlek, blir nog tvungen att bära sig själv. Han får själv gå sista biten. Oavsett hur mycket och villkorslöst jag älskar honom kan jag i denna stund inte bära honom, hur gärna jag än skulle vilja.

Han må stå inför sitt livs val. Om han vågar välja det

äkta och sanna, så snälla någon där ute, hjälp honom att göra detta val fort. För honom hit till mig. När jag sa till honom att ta den tid han behöver, så visste jag inte att tiden var så begränsad. Det han kan göra nu, är att be att tiden räcker till.

Frågan är om han vet vad som är äkta och sant? Vet någon av oss vad som är äkta och sant? De senaste timmarna eller till och med är det kanske dagarna som jag legat förgiftad och överspöljts av minnen?

Minnena, alla de bilder som spelats upp inom mig, är de sanna eller inte? Om allt verkligen har hänt? Har vi, jag och han. Han, jag kallar min stora kärlek. Upplevt det jag tror? Har vi varit intima, har vi älskat med varandra? Har vi någonsin delat våra lustar och lekar med andra. Och har vi överhuvudtaget älskat varandra som en kvinna och en man kan göra? Har vi bara träffats som vänner? Har vi ens träffats överhuvudtaget?

Kan det vara så att jag bara innerligt önskat, att få vara nära honom. Så att mitt sinne spelat mig ett spratt. Att jag av längtan efter den stora kärleken konstruerat allt som fantasier. Så som jag önskar det skulle vara.

Det jag vet med säkerhet är att hon har trakasserat mig. Hon gjorde mig till syndabock. Jag var allt ont i hennes liv, roten till hennes olycka och bristande relation. Har hennes aktioner, vissa av dem riktigt påhittiga och kreativa om man ska se dem ur ett ljusare perspektiv. Alla hennes anklagelser som jag fått utstå.

När jag insåg att det inte spelade någon roll, om jag bedyrade min oskuld, hon hade ändå inte trott på den. Hon hade förmodligen inte heller trott på, om jag sagt att vi träffats ibland och gjort både det ena och det andra. Då hade hon istället anklagat mig för att hitta på, att jag med vilja, velat förstöra hans och hennes förhållande, på den tiden det begav sig.

Oavsett vad jag hade sagt eller skrivit till henne, så hade det inte varit hennes sanning. Hon hade redan bestämt sig att jag är en lögnerska, en mycket dålig kvinna som drivs av att inleda relationer med stadgade män.

Frågan är om hon har en aning om vad hennes aktioner och agerande mot mig fått och kommer få för konsekvenser? Var hon införstådd med att jag kan komma att mista livet, eller var det målet från början? Ville hon bara skrämmas eller att få ut sin ilska och frustration?

Vad hennes syfte och mål var från början, kanske jag aldrig kommer få veta eller förstå. Men vad det gjort med mig vet jag, vad jag känt och vad jag upplevt kommer jag aldrig glömma, om jag kommer levande ut ur detta. Den rädsla, kyla och hopplöshet som haft mig i sitt grepp är förlamande i sig, även utan att fått i mig det gift hon förgiftat mig med.

Vem vet, kanske var det så att samtidigt som jag längtade efter kärleken var jag rädd för den? Så rädd att jag attraherade män som var i relationer, att de är dem jag faller för? För att jag någonstans vet att de är ytterst få som väljer en älskarinna. Många relationer klarar en otrohetsaffär eller två. I de fall då par separerar på grund av en otrohetsaffär, så ryker oftast även älskarinnan. Då hon alltid kommer att förknippas med den före detta fru, kvinnan eller sambon.

Eller är det så att hennes aktioner har lett till att jag börjat tro på det? På allt hon sagt och skrivit.

Jag vet vare sig ut eller in, vet inte vad som är sant eller inte. Vet inte heller om jag någonsin kommer får reda på hur allt förhöll sig, eller vem som gjort vad. Vad jag däremot förstår är att läkarna gör sitt yttersta för att rädda mig tillbaka till livet. Jag förstår också att slutet är nära. Oavsett om jag kommer leva eller dö, så kommer det en början på något nytt och något annat. Så länge man andas är det inte för sent för en ny början.

Vad har hon förgiftat min mat med? Är det hon som kom till min räddning? Har hon ett samvete, och det har gått upp för henne att hon inte kan leva, med mitt liv på sitt samvete? Vill hon verkligen att jag ska överleva, bör hon vara såpass intelligent att hon hjälper läkarna på traven. Om läkarna får en hint om vad hon har förgiftat mig kanske de hinner sätta in rätt behandling och rädda mitt liv?

Har han, min stora kärlek, känt av mig? Har han förstått att något var fel? Har han ringt och skickat meddelanden som jag inte svarat på? Kan han ha anat oråd? Jag som alltid svarar honom och återkommer i vanliga fall.

För visst är det så, att dem som verkligen älskar dig kommer aldrig överge dig. Även om det finns många orsaker att göra det, så kommer de hitta en orsak att hålla fast vid. Där det finns kärlek där finns det liv.

Någon med nyckel till min lägenhet måste iallafall ha kommit till undsättning. Om den personen kom i tid visar sig snart. Det är antingen eller som gäller nu, vitt eller svart, ljuset eller mörkret. Vem som helst får komma och ta mig ur detta. Kroppen gav upp för några dagar sedan med hjälp av något gift. Någon substans, som ingen verkar veta vad det är. Nu ger också minnet, tanken, viljan, andningen och hjärtat vika.

Var är han? Han, min kärlek. Finns han här för att fatta min hand? Har han den kraften och förmågan att påverka mig så starkt, att jag kan kämpa ytterligare en stund? Så jag får stanna på denna jord ett tag till. Eller är det hans avlidna far, min ängel som kommer för att hämta mig och ta mig med? Just nu spelar det ingen roll vem av dem som kommer och håller min hand. Bara någon av dem gör det. Den som först räcker ut sin hand, den handen kommer jag fatta. Hålla fast vid och följa med. För det måste väl vara där jag är menad att vara?

En gigantiskt stor och vacker marmortrappa uppenbarar sig framför mig.

Står nedanför första trappsteget tittandes ner på mina bara fötter.

Inser att jag inte bara är utan skor, jag är helt naken utan en tråd på kroppen.

Min hud är nästan genomskinlig, och under huden på mitt bröst lyser ett hjärta, gult, sprakande som skimrande guld så klart och starkt.

Därför fryser jag inte, det är varmt, behagligt och framför allt ljust och vackert.

Min kropp är lätt och börjar röra sig framåt och uppåt.

Sätter den ena foten framför den andra och börjar min vandring upp för trappan.

Allt känns lekande lätt, befriande, kärleksfullt och harmoniskt.

Längst upp, där marmortrappan tar slut, där tar det vackraste tempel jag någonsin sett, vid.

Vid ingången till templet står en välkomnande kör i vita kåpor.

De sjunger med de vackraste och mest välkomnade av stämmor.

Jag skyndar på mina steg, framåt och uppåt.

Det är hos dem jag vill vara.

De sträcker ut sina händer och jag är snart framme för att lägga mina händer i deras.

Om jag är värdig att få ingå i deras sfär så kommer de ta emot mig.

Den kärlek jag känner nu, är en kärlek värd att dö för, en kärlek som är ren, stark och ljus.

Inget som kan jämföras eller ställas emot den kärleken eller det spel Han, Jag och De andra var en del av.

Författarens tack!

Varmast tack till Er som på något sätt varit delaktiga i denna bok. Uppmuntrat mig att skriva den.

Frågat hur det gått och hur långt jag har kommit med den.

Ni som väntat och längtat på att den ska bli klar så Ni får läsa den.

Och till Er som väljer att köpa och läsa den.

Tack mor och far för att Ni med Er nyfikenhet frågat hur det går i skrivandet. Det har sporrat mig att fortsätta.

Tack till min panel som läst och tyckt till om den innan den gick i tryck.

Era synpunkter har varit ovärderliga.

Min väninna och reskamrat Lena din åsikt, dina erfarenheter efter många års läsning inom alla slags genre har varit av stor vikt.

Min före detta och närmsta kollega Therese för att du tyckt till, frågat och hejat på mig under hela resans gång.

Min väninna och före detta kollega Linda både för feedback och framför allt för det fina foto och hjälp med omslaget.

Mina bonusdöttrar, Jonna som är omskriven i boken och Emma som läst och kommit med mycket bra feedback ur ungdomars perspektiv. Till Er båda vill jag uttrycka vad Ni betyder för mig. Vi ska alltid minnas

att det inte är blodsband som gör en familj utan kär-
lek, respekt och lojalitet.

Till alla mina härliga elever, som jag ibland kallar
mina fåglar. Både mina nuvarande och mina tidigare.
Oavsett om vi fortfarande flyger i grupp eller till Er
som lämnat skolan och flyger för egen maskin och
med egna vingar. Ni ger mig så mycket glädje och
värme. Ni gör mitt arbete som lärare till det bästa
yrke man kan ha. Er kreativitet väcker och föder även
min kreativitet.

Sist men inte minst till min fina och underbara familj,
det finns en mening med allt som händer och sker.
Martin, Tyra, Erik, Lotus och Impala jag älskar Er, ni
är min mening och min kärlek.

Ni är alla värda Eran vikt i guld!

Anneli Parkell född 1972. Jag har alltid tyckt om och har behov av att uttrycka mig på olika kreativa sätt. Vid sidan av mitt arbete och min familj så skriver jag som är ett sätt för mig att fylla på med härlig energi.